JE NE SUIS D'AUCUNE ÉPOQUE
NI D'AUCUN LIEU.
CAGLIOSTRO

LE TRIANGLE SECRET

I.N.R.I.

HERTZ

www.glenatbd.com

© 2009, Éditions Glénat - BP 177 - 38008 GRENOBLE CEDEX
Tous droits réservés pour tous pays
ISBN : 978-2-7234-6285-3
Dépôt légal mars 2009.
Achevé d'imprimer en Belgique en février 2009 par Lesaffre.

LES ÉVÉNEMENTS QUE NOUS RELATONS ICI SE SONT DÉROULÉS QUELQUES ANNÉES AVANT L'AFFAIRE QUI ÉBRANLA LE VATICAN ET QUE L'ON COMMENCE SEULEMENT À DÉCOUVRIR AUJOURD'HUI SOUS LE TITRE DU TRIANGLE SECRET. LES NOMS DE CERTAINS DES PROTAGONISTES ONT ÉTÉ VOLONTAIREMENT CHANGÉS PAR RESPECT POUR LES NOMBREUSES PERSONNES ENCORE VIVANTES AYANT ÉTÉ IMPLIQUÉES DANS CETTE AVENTURE.

CE LUNDI DANS UN SÉMINAIRE DE LA RÉGION PARISIENNE, AUX ALENTOURS DE SEIZE HEURES...

TU AS DÉJÀ APERÇU MONSEIGNEUR MOTTELI DEPUIS QU'IL EST VENU DE ROME ?

JE L'AI JUSTE CROISÉ À DEUX OU TROIS REPRISES... IL M'A FICHU LA CHAIR DE POULE À CHAQUE FOIS. JE N'AI JAMAIS VU UN HOMME AUSSI GLACIAL ET REVÊCHE ! IL REPART DEMAIN, JE CROIS.

OUI, IL RETOURNE PLANER DANS LES HAUTES SPHÈRES DE LA PAPAUTÉ ! AS-TU LU L'ARTICLE DANS L'EXPRESS OÙ IL ÉTAIT CITÉ ?

JE L'AI PARCOURU... FAUT-IL Y CROIRE ?

TU VOIS LE PAPE COUVRIR UNE ORGANISATION SECRÈTE AUSSI INFLUENTE AYANT TRAVERSÉ LES SIÈCLES ? **LES GARDIENS DU SANG**, C'EST CELA ? ET TU IMAGINES MONSEIGNEUR MOTTELI, L'UN DE SES PROCHES, EN ÊTRE L'UN DES MEMBRES ÉMINENTS ? CE N'EST QUE DU PIPEAU DE JOURNALISTE !

L'OPUS DEI EXISTE BIEN !

CE N'EST PAS LA MÊME CHOSE. L'OPUS DEI EST RECONNU ET N'A JAMAIS INFLUENCÉ L'ÉGLISE POUR CONDUIRE QUI QUE CE SOIT AU BÛCHER ! CE N'EST PAS UN ORDRE OCCULTE.

TU AS SANS DOUTE RAISON. QUAND LA PRESSE VEUT FAIRE DU TIRAGE, ELLE ENFOURCHE LES VIEILLES CHIMÈRES : LA FRANC-MAÇONNERIE, LE VATICAN ET SES MYSTÉRIEUSES ORGANISATIONS, LES SECTES ET AUTRES SOCIÉTÉS SECRÈTES...

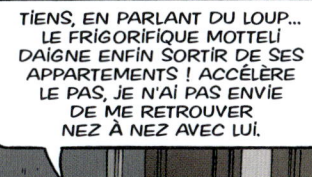

TIENS, EN PARLANT DU LOUP... LE FRIGORIFIQUE MOTTELI DAIGNE ENFIN SORTIR DE SES APPARTEMENTS ! ACCÉLÈRE LE PAS, JE N'AI PAS ENVIE DE ME RETROUVER NEZ À NEZ AVEC LUI.

MAIS, QUI ÊTES-VOUS ? ET... QU'AVEZ-VOUS FAIT ?

REGARDE... IL EST COUVERT DE SANG !

3

CET HOMME... IL VIENT D'ASSASSINER MONSEIGNEUR MOTTELI !

MERDE, UNE CAMÉRA !

IL FRANCHIT LA GRILLE ET VA NOUS ÉCHAPPER !

TU NE PENSAIS TOUT DE MÊME PAS L'ARRÊTER ? TU AS VU QUEL GENRE DE TYPE C'EST ! UN VÉRITABLE PRO...

AH ? ET TU NE TROUVES PAS ÉTRANGE QU'UN PROFESSIONNEL S'INFILTRE EN PLEIN JOUR DANS UN SÉMINAIRE POUR ASSASSINER UN CARDINAL, TOI ? ET SANS DISSIMULER SON VISAGE !

16 HEURES 56...

LE CARDINAL MOTTELI EST ARRIVÉ LA SEMAINE DERNIÈRE, MARDI, C'EST CELA ?

TOUT À FAIT. LORSQU'IL VENAIT À PARIS, MONSEIGNEUR LOGEAIT AU SÉMINAIRE, COMME IL EN AVAIT PRIS L'HABITUDE DEPUIS QU'IL Y AVAIT FAIT SES ÉTUDES.

MONSEIGNEUR A FAIT LA MAJEURE PARTIE DE SES ÉTUDES EN FRANCE. VOUS SAVEZ SANS DOUTE QU'IL ÉTAIT UN GÉNÉTICIEN RENOMMÉ ET QU'IL CONSEILLAIT LE SAINT-PÈRE DANS TOUS LES DOMAINES INHÉRENTS À CETTE DISCIPLINE. IL S'ÉTAIT PARTICULIÈREMENT DISTINGUÉ DANS LE DOMAINE DE LA GÉNOMIQUE.

CONNAISSIEZ-VOUS LA RAISON DE SON VOYAGE ?

NON, J'EN IGNORE TOTALEMENT LE MOTIF. JE PRÉSUME QU'IL DEVAIT RENCONTRER QUELQUE SCIENTIFIQUE OU PARTICIPER À UN COLLOQUE.

NOUS CHERCHERONS...

VOUS M'AVEZ DIT QUE LE TUEUR AVAIT PRIS LA FUITE PAR LE PARC, À L'ARRIÈRE DE CE BÂTIMENT...

EN EFFET. UNE BONNE DIZAINE DE MES SÉMINARISTES L'ONT VU. ET, DE PLUS, IL N'A PAS PU ÉCHAPPER AUX CAMÉRAS.

DES CAMÉRAS ? VOUS DISPOSEZ D'UN SYSTÈME DE SURVEILLANCE ?

DEPUIS UNE DIZAINE D'ANNÉES, NOUS AVIONS ÉTÉ CAMBRIOLÉS À PLUSIEURS REPRISES, CE QUI NOUS A DÉCIDÉS À INSTALLER DES CAMÉRAS... VOYEZ, IL Y EN A JUSTEMENT UNE AU-DESSUS DE VOTRE TÊTE.

EN AVEZ-VOUS PLACÉES AUSSI À L'INTÉRIEUR ?

BIEN SÛR QUE NON ! NOUS NE VOULONS PAS QUE NOS JEUNES SE SENTENT ESPIONNÉS. CERTAINS FONT DÉJÀ UN GRAND EFFORT EN RÉPONDANT À LEUR VOCATION; LA VIE DU SÉMINAIRE, L'ÉLOIGNEMENT DE LEURS PARENTS, LA DISCIPLINE, LEUR PÈSENT... FAUDRAIT-IL EN PLUS QU'ILS AIENT LE SENTIMENT D'ÊTRE CONSTAMMENT OBSERVÉS ?

JE COMPRENDS... DOMMAGE POUR NOUS !

POURRIONS-NOUS DISPOSER D'UNE SALLE ? NOUS AIMERIONS PRENDRE LES DÉPOSITIONS DE TOUS CEUX QUI ONT VU LE TUEUR.

J'AIMERAIS BIEN COMMENCER PAR LES DEUX SÉMINARISTES QUI L'ONT SURPRIS ALORS QU'IL SORTAIT DE L'APPARTEMENT DE MONSEIGNEUR MOTTELI.

VOUS N'AVEZ QU'À UTILISER MON BUREAU. JE VAIS VOUS Y CONDUIRE... VOTRE CIGARETTE !

M'OUI...

JE VOUS FAIS APPORTER LES ENREGISTREMENTS DE TOUTES NOS CAMÉRAS.

SI ON VOIT LE TUEUR SORTIR, ON DEVRAIT POUVOIR LE VOIR ENTRER !

JE ME DEMANDE BIEN COMMENT IL A PROCÉDÉ ! ET COMMENT IL A PU SE FAIRE OUVRIR PAR MONSEIGNEUR QUI AVAIT PRIS L'HABITUDE DE FERMER À CLEF SON APPARTEMENT. VOUS M'AVEZ BIEN DIT QUE VOUS N'AVIEZ RELEVÉ AUCUNE TRACE D'EFFRACTION ?

EN EFFET. PEUT-ÊTRE MONSEIGNEUR ET SON ASSASSIN SE CONNAISSAIENT-ILS ?

HÉLÈNE ? JE TE DEMANDE DE NE PAS RACCROCHER... C'EST JEAN... JEAN NOMANE ! OUI, JE TE JURE QUE C'EST BIEN MOI... JE SAIS... TROIS ANS SANS UN SIGNE DE VIE... JE T'EXPLIQUERAI... QUAND SORS-TU DE TON BOULOT ? JE PEUX PASSER CHEZ TOI ? 'SUIS DANS UNE SACRÉE MERDE !

QUE T'ARRIVE-T-IL, HÉLÈNE ? C'EST CE COUP DE FIL ? TU AS L'AIR D'AVOIR REÇU UNE DOUCHE GLACÉE !

C'EST À PEU PRÈS LE CAS, OUI...

TU AS DÉJÀ EU UN APPEL D'UN MORT, LOÏC ? C'EST CE QUI VIENT DE M'ARRIVER. J'AVAIS UN PETIT AMI, IL Y A TROIS ANS... TE SOUVIENS-TU DE JEAN NOMANE ?

TU PENSES ! POUR LES MÊMES RAISONS QUE TOI. UN BEAU GARS SPORTIF ET SYMPATHIQUE QUI AVAIT LE TORT D'ÊTRE HÉTÉROSEXUEL... VOUS AVIEZ ROMPU, NON ?

PAS VRAIMENT. IL A DISPARU UN MATIN. ENVOLÉ ! ATOMISÉ ! SANS LAISSER UN MOT DERRIÈRE LUI. C'EST COMME SI, DU JOUR AU LENDEMAIN, IL AVAIT CESSÉ D'EXISTER.

JE PRÉSUME QUE TU AS CHERCHÉ À RETROUVER SA TRACE. TU N'ES PAS DU GENRE DES FILLES QUI SE FONT LARGUER SANS EN CHERCHER LA RAISON.

IL N'AVAIT PAS DISPARU QUE POUR MOI, LOÏC. JE TE L'AI DIT, IL S'EST ÉVAPORÉ ! LE LABO OÙ IL BOSSAIT, SA FAMILLE, SES AMIS, SON CLUB DE TENNIS, TOUS N'ONT JAMAIS PLUS ENTENDU PARLER DE LUI. À L'ÉPOQUE, NOUS AVONS ÉTÉ NOMBREUX À INTERROGER LA POLICE... LAQUELLE A ENQUÊTÉ PENDANT UN PEU PLUS DE SIX MOIS AVANT DE CONCLURE QUE JEAN FAISAIT PARTIE DE CES QUELQUES MILLIERS DE FRANÇAIS QUI ROMPENT AVEC LEUR ENTOURAGE POUR VIVRE UNE AUTRE EXISTENCE À L'ÉTRANGER.

ET LÀ, LE VOILÀ QUI RAPPLIQUE COMME L'ENFANT PRODIGUE ET TU RÉPONDS À SON CLAQUEMENT DE DOIGTS !

IL M'A DIT QU'IL AVAIT UN PROBLÈME... ET JE T'ASSURE QUE SA VOIX NE MENTAIT PAS !

JE TERMINERAI LA MAQUETTE DE LA PUB POUR CETTE COCHONNERIE DE FROMAGE DEMAIN, JE TE LE JURE, LOÏC. TU ME LAISSES FILER, N'EST-CE PAS ?

COMMENT T'EN EMPÊCHER ? TU ES DÉJÀ PARTIE !

HÉLÈNE...

OUI ?

NE RENOUE PAS AVEC UN TYPE QUI A PRÉFÉRÉ COURIR LE MONDE PENDANT TROIS ANS PLUTÔT QUE DE TE SERRER DANS SES BRAS.

NE T'INQUIÈTE PAS, JE NE TE LÂCHERAI PAS. TU RESTERAS MON AMI... TOUJOURS !

6

17 HEURES 16...

... EN FAIT, À LA RÉFLEXION, IL S'AGISSAIT D'UN GRAND COUTEAU DE CHASSE.

ET NOUS AVONS NOTÉ QUE L'HOMME AVAIT L'AIR HAGARD... JE ME SUIS DEMANDÉ PEU APRÈS S'IL N'ÉTAIT PAS DROGUÉ.

VOICI LES ENREGISTREMENTS DES CAMÉRAS DE SURVEILLANCE DES DOUZE DERNIÈRES HEURES, MESSIEURS.

MERCI, NOTRE LABO SE FERA UN PLAISIR DE LES FAIRE PARLER.

MONSEIGNEUR MOTTELI AVAIT-IL DE LA FAMILLE EN FRANCE ?

JE NE PENSE PAS. J'AI IMMÉDIATEMENT PRÉVENU LA NONCIATURE PARISIENNE QUI S'EST CHARGÉE DE CONTACTER SON SECRÉTARIAT À ROME. LE NÉCESSAIRE SERA FAIT DU VATICAN.

AVEZ-VOUS REMARQUÉ S'IL MANQUAIT QUELQUE CHOSE DANS L'APPARTEMENT DE MONSEIGNEUR ? UN OBJET DE VALEUR ? DE L'ARGENT ?

JE SUIS DÉSOLÉ DE NE POUVOIR VOUS ÉCLAIRER À CE SUJET. VOUS PENSEZ À UN CAMBRIOLAGE QUI AURAIT MAL TOURNÉ ?

POURQUOI PAS ? LE COMPORTEMENT DE CET AGRESSEUR EST TELLEMENT IRRATIONNEL !

17 HEURES 22...

NE PAS SUCCOMBER À LA PARANOÏA... IL N'ÉTAIT PAS SUIVI. QUI AURAIT PU LE FILER D'AILLEURS ? UN VOLTIGEUR ? IL LUI FALLAIT DEMEURER SUR SES GARDES... LES VOLTIGEURS ÉTAIENT DE VÉRITABLES CAMÉLÉONS, CAPABLES DE SE FONDRE DANS UNE FOULE.

L'ÉPURATION ÉTAIT DONC DÉCLENCHÉE ! MOTTELI ÉTAIT LE PREMIER DE LA LISTE... ET JEAN NOMANE CONNAISSAIT LE NOM DE TROIS AUTRES. NUL NE POURRAIT LES SAUVER. ILS ÉTAIENT IRRÉMÉDIABLEMENT CONDAMNÉS. DES MORTS EN SURSIS !

HÉLÈNE ACCEPTERAIT-ELLE DE L'HÉBERGER ? MAIS QUEL MENSONGE POURRAIT-IL LUI DIRE POUR LUI EXPLIQUER LA PARENTHÈSE DE TROIS ANS AU COURS DE LAQUELLE IL AVAIT DISPARU ? À MOINS QU'IL NE LUI DISE LA VÉRITÉ, AUSSI INCROYABLE QU'ELLE ÉTAIT...

10

MAIS ?... UNE BESTIOLE VIENT DE ME PIQUER !

ON ÉTOUFFE, DANS CE MAUDIT BUS !

BON SANG ! JE M'OFFRE UNE BELLE CRISE DE TACHYCARDIE, MOI ! JE... JE N'AI POURTANT PAS BU BEAUCOUP DE CAFÉ AUJOURD'HUI...

CETTE DOULEUR... LE CŒUR ! MON DIEU, JE SUIS EN TRAIN DE...

18 HEURES 13...

C'EST MOI, HÉLÈNE... NE TE RETOURNE PAS. NE ME PARLE PAS. CONTINUE D'AVANCER COMME SI DE RIEN N'ÉTAIT. TU LAISSERAS LA PORTE OUVERTE DERRIÈRE TOI... JE PENSE QUE LE CODE A CHANGÉ EN TROIS ANS !

QUE SIGNIFIE TOUT CE CIRQUE ? ET... TU AS MAIGRI, EN PLUS !

MONTONS VITE... JE NE VOULAIS PAS QUE L'ON TE VOIE AVEC MOI. C'EST PLUS PRUDENT POUR L'INSTANT !

QUE T'ARRIVE-T-IL, JEAN ? TU SORS DE MA VIE ET DE CELLE DE TOUS TES PROCHES DURANT TROIS ANS POUR ATTERRIR BRUTALEMENT AVEC L'AIR D'UN GARS EN CAVALE ! JE NE CRAINS RIEN, AU MOINS ?

PAS DE MA PART, JE TE LE PROMETS. JE NE TE VEUX AUCUN MAL... J'AI SEULEMENT BESOIN QUE TU M'HÉBERGES LE TEMPS DE FAIRE LE POINT. JE VIENS D'ÊTRE PIÉGÉ DANS UNE SALE AFFAIRE ET JE NE SAIS PAS ENCORE COMMENT JE VAIS POUVOIR M'EN SORTIR.

JE ME DEMANDE SI JE DOIS TE FAIRE ENTRER. EXCUSE-MOI, MAIS...

JE T'EN PRIE, HÉLÈNE. JE T'EN SUPPLIE.

10

TU NE VEUX PAS RETIRER TON BLOUSON ?

SI, BIEN SÛR... ENFIN... C'EST QUE MON POLO EST PLEIN DE SANG !

TU ES BLESSÉ ?

CE N'EST PAS MON SANG... N'AIE PAS PEUR ! TOUT À L'HEURE, AUX INFOS, ON PARLERA CERTAINEMENT DE L'ASSASSINAT DU CARDINAL MOTTELI DANS UN SÉMINAIRE...

JE NE COMPRENDS PAS... QU'EST-CE QUE CELA À VOIR AVEC TOI ? TU VEUX DIRE QUE...? C'EST SON SANG QUE TU AS SUR TON LACOSTE ?

SANS AUCUN DOUTE. CEPENDANT, JE NE PEUX PAS L'AFFIRMER. MAIS J'ÉTAIS EFFECTIVEMENT DANS L'APPARTEMENT DU CARDINAL ET J'AI DÛ PRENDRE LA FUITE SOUS L'ŒIL D'UNE BONNE DEMI-DOUZAINE DE CAMÉRAS DE SURVEILLANCE...

TU ES COMPLÈTEMENT CINGLÉ ! IL VAUT MIEUX QUE TU PARTES TOUT DE SUITE, JEAN. SI TU VEUX UN PEU D'ARGENT, JE T'EN DONNERAIS VOLONTIERS... PARS ! SORS DÉFINITIVEMENT DE MA VIE ! J'AI LE SENTIMENT QUE CE SERAIT PRÉFÉRABLE POUR NOUS DEUX.

ÉCOUTE-MOI... JE VAIS TE RACONTER POURQUOI JE T'AI QUITTÉE SOUDAINEMENT. POURQUOI JE NE T'AI PLUS DONNÉ LA MOINDRE NOUVELLE.

JE NE SUIS PAS CERTAINE QUE CELA M'INTÉRESSE.

TU JUGERAS LORSQUE JE T'AURAI TOUT RÉVÉLÉ. VEUX-TU M'OFFRIR À BOIRE ?... JE M'ENGAGE À NE PAS T'APPROCHER À MOINS DE DEUX MÈTRES.

TU ES RESTÉ AU BOURBON SEC ?

DANS DES OCCASIONS DE CE GENRE, EN EFFET. BIEN TASSÉ.

LES VOLTIGEURS... ILS PEUVENT ÊTRE N'IMPORTE OÙ ! LÀ, DANS LA RUE, PARMI CES PASSANTS... CE TYPE DANS LA CABINE TÉLÉPHONIQUE... CETTE FEMME QUI ATTEND SON BUS !

QUE REGARDAIS-TU PAR LA FENÊTRE ?

RIEN. RIEN DE PRÉCIS...

PENDANT CE TEMPS, AU VATICAN, AU TROISIÈME SOUS-SOL DE L'ACADÉMIE PONTIFICALE DES SCIENCES.

JE VOUS APPORTE LES TRANSCRIPTIONS DES PREMIERS COMPTES RENDUS EN PROVENANCE DE FRANCE ET D'ANGLETERRE, MONSEIGNEUR.

AH... LES CIBLES MOTTELI ET OSWALD, C'EST BIEN CELA, N'EST-CE PAS ?

QUEL GÂCHIS ! MAIS NOUS N'AVIONS PLUS LE CHOIX. QUEL GÂCHIS, CEPENDANT ! DES HOMMES D'UN TEL SAVOIR !

JUSTEMENT, MONSEIGNEUR, ILS EN SAVAIENT BIEN TROP. TOUT COMME MONSEIGNEUR VENFÖRT ET LE DOCTEUR CLARK...

JE PRÉSUME QUE CES DEUX AUTRES DOSSIERS ARRIVERONT SUR MON BUREAU AVANT LA NUIT, NON ?

EXACTEMENT... NOS VOLTIGEURS LES ONT DÉJÀ PRIS POUR CIBLES. CE N'EST PLUS QU'UNE QUESTION D'HEURES. VOUS SAVEZ BIEN QUE TOUTES LES ACTIONS DE L'OPÉRATION DOIVENT ÊTRE CONCOMITANTES.

JE RECONNAIS LA RIGOUREUSE ET IMPLACABLE MÉTHODE DES GARDIENS DU SANG ! TOUT DE MÊME, DEVOIR ÉLIMINER NOS PROPRES MEMBRES ! NOS PROPRES FRÈRES !

ILS S'APPRÊTAIENT À NOUS TRAHIR. ILS ALLAIENT DIVULGUER AUX PROFANES LES RÉSULTATS DE NOS DERNIÈRES EXPÉRIENCES.

OUI, JE SAIS... JE SAIS. CE N'ÉTAIENT PAS RÉELLEMENT DES HOMMES DE SECRET. TROP FAIBLES... TROP ATTACHÉS À DES VALEURS DÉSUÈTES.

PRISONNIERS D'UNE CERTAINE IDÉE DE LA DÉONTOLOGIE NE S'ACCORDANT PLUS AVEC NOS RECHERCHES !

AU FAIT, LE GARDIEN DU SANG JEAN NOMANE ?

C'EST DANS LE DOSSIER, MONSEIGNEUR. VOYEZ... C'EST LUI QUI VIENT DE TUER LE CARDINAL MOTTELI ! C'ÉTAIT LE SEUL MOYEN POUR EMPÊCHER QU'UNE ENQUÊTE NE REMONTE JUSQU'À NOUS.

JE GAGE QUE NOMANE DEVIENNE UNE CIBLE À SON TOUR.

C'EN EST DÉJÀ UNE.

EH BIEN, ES-TU EN CONDITION POUR ME RACONTER UNE JOLIE FABLE ? OÙ ÉTAIS-TU DURANT CES TROIS ANS ?

JE T'AI PROMIS DE TE DIRE TOUTE LA VÉRITÉ, MAIS AVANT JE DOIS PASSER QUELQUES COUPS DE FIL ME PERMETS-TU DE LES DONNER À PARTIR DE TON TÉLÉPHONE, MON PORTABLE EST CERTAINEMENT TRAQUÉ ?

ET JE PARIE QUE TU VAS ME DEMANDER DE QUITTER LA PIÈCE ?

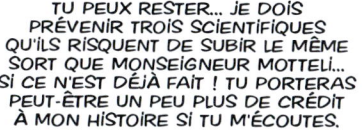

TU PEUX RESTER... JE DOIS PRÉVENIR TROIS SCIENTIFIQUES QU'ILS RISQUENT DE SUBIR LE MÊME SORT QUE MONSEIGNEUR MOTTELI... SI CE N'EST DÉJÀ FAIT ! TU PORTERAS PEUT-ÊTRE UN PEU PLUS DE CRÉDIT À MON HISTOIRE SI TU M'ÉCOUTES.

BERLIN...

TIiiNG ! TiiiiNG ! TiNG !

J'Y VAIS, DOMENIKA.

OUI, ALLÔ... DOCTEUR CLARK... GUTEN TAG, DOKTOR.

ICI JEAN NOMANE, DOCTEUR... VOUS APPRENDREZ BIENTÔT QUE L'ON M'ACCUSE D'AVOIR ASSASSINÉ MONSEIGNEUR MOTTELI... N'EN CROYEZ RIEN ! JE SUIS VICTIME D'UNE MACHINATION... MÊME SI TOUTES LES APPARENCES SONT CONTRE MOI, SOYEZ ASSURÉ QUE JE SUIS DE VOTRE CÔTÉ.

LA HAUTE LOGGIA NOUS A CONDAMNÉS TOUS LES CINQ! VOUS DEVEZ VOUS METTRE À L'ABRI LE TEMPS QUE JE RÉUNISSE LES PREUVES...

13

NOM DE DIEU, COMMENT ALLEZ-VOUS PROCÉDER SI VOUS ÊTES DEVENU UN FUGITIF ? IL FAUT PRÉVENIR MONSEIGNEUR VENFÖRT ET OSWALD !

VENFÖRT M'A APPELÉ LA SEMAINE DERNIÈRE... IL M'A PARLÉ D'UNE CLEF QU'IL VOULAIT ME REMETTRE... VOULEZ-VOUS QUE JE LE JOIGNE AINSI QU'OSWALD ?

NON, DISPARAISSEZ IMMÉDIATEMENT AVEC VOTRE FEMME. NE PERDEZ PAS UNE MINUTE ! FUYEZ ! LA HAUTE LOGGIA A DÉCLENCHÉ L'ÉLIMINATION...

NOUS COMMUNIQUERONS SELON LA MÉTHODE QUE NOUS AVONS ÉVOQUÉE EN CAS DE DANGER... VOUS VOUS EN SOUVENEZ ? BIEN... BONNE CHANCE, DOCTEUR.

AU PROFESSEUR OSWALD, MAINTENANT...

HÉLÈNE ! NON... NE TOUCHE PAS À CE POIGNARD !

C'EST AVEC CELA QUE TU L'AS TUÉ ?

TU N'AS DONC PAS COMPRIS ? JE N'Y SUIS POUR RIEN. ON M'A DROGUÉ ET CONDUIT DANS L'APPARTEMENT DE MOTTELI, PUIS...

TU AS D'AUTRES PETITS TRÉSORS DE CE GENRE, DANS CE SAC ?

C'EST UN CRÂNE ! UN CRÂNE HUMAIN... JEAN, QU'ES-TU DEVENU ? QUE FAIS-TU AVEC CETTE HORREUR SUR TOI ?

CE N'EST PAS LE MOMENT DE PIQUER UNE CRISE DE NERFS, HÉLÈNE. CALME-TOI... JE PEUX T'EXPLIQUER...

NON, JEAN. PARS IMMÉDIATEMENT ! VA-T'EN ! JE TE LE DEMANDE EN SOUVENIR DE CE QUE NOUS AVONS VÉCU ENSEMBLE AUTREFOIS, SORS DE CHEZ MOI. TU ME FAIS TROP PEUR... JE N'AI PAS ENVIE DE TE CROIRE. JE NE VEUX PAS !

CE CRÂNE A PLUS DE DEUX SIÈCLES ! TU N'IMAGINES TOUT DE MÊME PAS QUE JE TRIMBALE LES OSSEMENTS DE MES VICTIMES DANS UN SAC À DOS ?

JE N'IMAGINE PLUS RIEN, JE...

DRIING ! DRING ! DRINNNG !

TU ATTENDAIS QUELQU'UN ?

NON, PERSONNE. JE VAIS VOIR...

NON, SURTOUT PAS ! NE BOUGE PAS... LAISSE SONNER.

DRIING ! DRING ! DRINNNIG !

C'EST QUELQU'UN QUI POSSÈDE TON CODE D'ENTRÉE OU QUI EST PARVENU À LE FORCER.

DRIING ! DRING ! DRINNNG !

UN VOISIN ? QUI VEUT ME DEMANDER UN SERVICE...

VOILÀ, LA SONNERIE S'EST ARRÊTÉE... TU ES CONTENT ? TA PETITE POUSSÉE DE PARANOÏA EST RETOMBÉE ?

ATTENDS... JE CROIS QU'ON BIDOUILLE TA SERRURE.

TU ES COMPLÈTEMENT FOU OU QUOI ?!

OH... MAIS, TU AS RAISON ! QUI EST-CE, JEAN ? APPELONS LA POLICE...

INUTILE, ELLE ARRIVERAIT TROP TARD. DE PLUS, JE NE TIENS PAS À CE QU'ELLE ME TOMBE DESSUS MAINTENANT ! ON PEUT SORTIR PAR LA PORTE DU VIDE-ORDURES, DANS TA CUISINE. VIENS...

PRENDS TOUT L'ARGENT EN LIQUIDE DONT TU DISPOSES AINSI QUE TES CARTES DE CRÉDIT. VITE. DÉPÊCHE-TOI ! LES GARS DERRIÈRE TA PORTE SONT DE REDOUTABLES PROFESSIONNELS... IL NE LEUR FAUDRA PAS PLUS DE CINQ MINUTES POUR FORCER TA SERRURE. ILS SONT CERTAINEMENT PLUSIEURS... ILS VONT TOUJOURS PAR DEUX OU TROIS !

TU LES CONNAIS DONC ?

DÉPÊCHE-TOI, BON SANG ! TU M'AVAIS HABITUÉ À PLUS DE RAPIDITÉ !

ENCORE UNE MINUTE... À PEINE ! DE TOUTE MANIÈRE, ILS SONT COINCÉS À L'INTÉRIEUR. NOUS N'AURONS QU'À LES TIRER COMME DES LAPINS.

MAIS, CETTE PORTE NE DONNE QUE SUR LE VIDE-ORDURES ! IL N'Y A PAS D'ISSUE POSSIBLE...

AU CONTRAIRE ! IL NOUS FAUDRA JUSTE FAIRE UN PEU DE GYMNASTIQUE.

ET MAINTENANT ? TU COMPTES SAUTER DEUX ÉTAGES ?

VIENS, SUIS-MOI... NOUS ALLONS LONGER LA FAÇADE SUR CETTE CORNICHE... JE CROIS ME SOUVENIR QU'IL Y A UNE SECONDE COUR, À GAUCHE... AVEC DES GARAGES, NON ?

POURQUOI ES-TU REVENU DANS MA VIE, JEAN ? POURQUOI ?...

UN CAUCHEMAR... DEVOIR QUITTER MON APPARTEMENT COMME UNE VOLEUSE ! ET ABANDONNER MON CHAT !

TU AS CHRONOMÉTRÉ ?

ÉCARTE-TOI, J'ENTRE LE PREMIER ET TU ME COUVRES.

ON DIRAIT QU'IL N'Y A PERSONNE... NOUS LES AVONS POURTANT ENTENDUS...

ILS SE PLANQUENT PEUT-ÊTRE DANS UNE CHAMBRE.

NOUS ALLONS DESCENDRE LE LONG DE CETTE GOUTTIÈRE QUI ME PARAÎT SUFFISAMMENT SOLIDE POUR SUPPORTER NOTRE POIDS. TU VOIS, NOUS ATTEIGNONS LE TOIT DE CE GARAGE ET NOUS SOMMES SAUVÉS !

SAUVÉS OU INFIRMES JUSQU'À LA FIN DE NOTRE VIE SI NOUS GLISSONS !

ÇA VA ? TU TIENS LE COUP ?

D'APRÈS TOI ? JE ME DÉCHIRE LES MAINS ET LES GENOUX, J'AI LE CŒUR QUI VA FLANCHER, J'AI ENVIE DE VOMIR... J'AI LA TROUILLE DE MA VIE, OUI !

ILS ONT FILÉ PAR LÀ ! CE NOMANE NE MANQUE PAS DE RESSOURCE ! NOUS AVONS EU TORT DE LE SOUS-ESTIMER.

POURQUOI NE PAS LAISSER LA POLICE FRANÇAISE SE CHARGER DE LUI ? APRÈS TOUT, C'EST LE TUEUR DE MONSEIGNEUR MOTTELI !

JE PENSAIS QU'IL NE SE REMETTRAIT PAS AUSSI VITE AU SÉMINAIRE ET QUE, JUSTEMENT, LA POLICE LE PINCERAIT SUR LE FAIT ! MAINTENANT QU'IL SE BALADE DANS PARIS, IL REPRÉSENTE UN VÉRITABLE DANGER.

LAISSE-TOI TOMBER... JE TE RÉCEPTIONNE.

ILS NOUS FILENT ENTRE LES DOIGTS ! NOUS AVONS FAIT UN TRAVAIL D'AMATEUR ! UN VÉRITABLE BOULOT SALOPÉ...

PEUT-ÊTRE... N'EMPÊCHE, C'EST LE GENRE D'ÉCHEC QUE JE N'AIME PAS TROP EXPLIQUER À MONSIGNORE. NOMANE EN LIBERTÉ, C'EST UNE VÉRITABLE BOMBE QUI PEUT NOUS EXPLOSER À LA FIGURE À CHAQUE SECONDE.

DE PLUS, TOUS CEUX QUI POURRAIENT CONFIRMER SES RÉVÉLATIONS NE SERONT BIENTÔT PLUS DE CE MONDE. QUE CE SOIENT VENFÖRT, CLARK ET AUTRE !

CE N'EST QUE PARTIE REMISE !

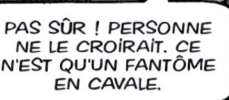

PAS SÛR ! PERSONNE NE LE CROIRAIT. CE N'EST QU'UN FANTÔME EN CAVALE.

HMM... JE N'AI JAMAIS PARTAGÉ TON OPTIMISME CANDIDE, ACACIO. JUSTEMENT, IL Y A PEUT-ÊTRE D'AUTRES TRAÎTRES AU CŒUR MÊME DE LA HAUTE LOGGIA QUE NOUS N'AVONS PAS ENCORE DÉMASQUÉS...

DANS QUEL ENFER M'AS-TU PLONGÉE, JEAN ? CES TYPES AVAIENT L'INTENTION DE TE TUER, NON ? ET MOI AVEC ? QUI ÉTAIENT-ILS ? POUR QUI TRAVAILLENT-ILS ?

NE PENSE PAS À CELA... ME TUER, OUI... PAS TOI ! CHERCHE PLUTÔT QUI POURRAIT NOUS PLANQUER AU MOINS CETTE NUIT, LE TEMPS QUE JE M'ORGANISE.

POURQUOI NE PAS ALLER À L'HÔTEL ?

TROP RISQUÉ... MA TÊTE VA FAIRE LA UNE DE TOUS LES JOURNAUX TÉLÉVISÉS. JE RISQUE D'ÊTRE RECONNU PAR LE PREMIER VENU.

LE VATICAN ? ON NAGE EN PLEIN DÉLIRE...

JE NE TE CONTREDIRAI PAS.

TU NE M'AS PAS RÉPONDU, QUI TE COURT APRÈS ?

ON LES APPELLE LES VOLTIGEURS. CE SONT LES HOMMES DE MAIN D'UNE ORGANISATION SECRÈTE RATTACHÉE AU VATICAN.

TU TE SOUVIENS DE LOÏC ? ON PEUT ALLER CHEZ LUI. JE NE VOIS QUE LUI EN QUI J'AI TOUTE CONFIANCE.

TON BOSS À L'AGENCE ? OUI, JE ME RAPPELLE DE LUI... UN CHOUETTE TYPE.

19 HEURES 18, AU MINISTÈRE DE L'INTÉRIEUR...

ENTREZ, MONSIEUR.

BONSOIR, MONSIEUR LE MINISTRE.

BONSOIR, COLONEL. VOUS ÊTES VENU ME PARLER DE L'ASSASSINAT DE MONSEIGNEUR MOTTELI, BIEN SÛR... JE SUIS DÉJÀ INFORMÉ. J'AI EU LA NONCIATURE À DEUX REPRISES DÉJÀ... AINSI QUE LA SECRÉTAIRERIE DU SAINT-PÈRE À ROME !

MAIS JE NE SUIS PAS SÛR QUE LE QUAI VOUS AIT DONNÉ L'IDENTITÉ DU CRIMINEL.

ÇA NE SAURAIT TARDER. IL PARAÎT QUE CELUI-CI A ÉTÉ FILMÉ PAR LES CAMÉRAS DE SURVEILLANCE DU SÉMINAIRE.

J'AI PRÉFÉRÉ VOUS PRÉVENIR MOI-MÊME, CAR IL S'AGIT DE L'UN DE MES AGENTS.

PARDON ? UN DES HOMMES DE LA B.I.S. ?

VOUS SOUVENEZ-VOUS DE CE JEUNE SPÉCIALISTE DE LA GÉNOMIQUE DE L'EMBRYON QUE NOUS AVONS INFILTRÉ CHEZ LES GARDIENS DU SANG IL Y A PRÈS DE TROIS ANS ?

EN EFFET. UN GARÇON TRÈS BRILLANT QU'IL A ÉTÉ FACILE DE CONVAINCRE EU ÉGARD À SES CONVICTIONS... UN PEU TÊTE BRÛLÉE, NON ? NODAME, QUELQUE CHOSE DANS CE GENRE ?

NOMANE. JEAN NOMANE ! EH BIEN C'EST LUI ! IL A TUÉ MOTTELI CET APRÈS-MIDI. IL N'Y A AUCUN DOUTE POSSIBLE, MONSIEUR LE MINISTRE. PLUS DE DIX TÉMOINS ET QUATRE CAMÉRAS PEUVENT L'ATTESTER.

C'EST IMPENSABLE ! POURQUOI AURAIT-IL COMMIS UN TEL ACTE ? LES GARDIENS DU SANG L'AURAIENT-ILS RETOURNÉ ? DANS CE CAS, POUR QUELLE RAISON LUI AURAIENT-ILS DEMANDÉ D'ABATTRE CE CARDINAL QU'ILS CONSIDÉRAIENT COMME L'UN DE LEURS MEMBRES LES PLUS INFLUENTS? ONT-ILS APPRIS QUE... ?

CERTAINEMENT. IL EST À CRAINDRE QUE LA HAUTE LOGGIA AIT DÉCOUVERT QUE MOTTELI NOUS AVAIT PERMIS DE LA NOYAUTER. LE DERNIER RAPPORT DE NOTRE SECOND AGENT INFILTRÉ ME FAISAIT CRAINDRE QU'UNE NOUVELLE ÉPURATION AIT LIEU. LES OPPOSANTS AU PROJET GÉNOME-1 SONT TOUS MENACÉS ! JE NE COMPRENDS PAS... NOMANE DEVAIT LES PROTÉGER ET LES EXFILTRER, ET IL LES TUE !

LES DEUX AGENTS SE CONNAISSENT-ILS ?

NON, MONSIEUR. ILS S'IGNORENT L'UN ET L'AUTRE...

VOUS AVEZ CONÇU UN VÉRITABLE JEU DE DUPES, COLONEL !

JE ME PERMETS DE VOUS RAPPELER QUE LE PRÉSIDENT DE LA RÉPUBLIQUE ET VOUS AVEZ CAUTIONNÉ LA CRÉATION DE LA B.I.S. EN ACCEPTANT QUE CETTE BRIGADE NE POSSÈDE AUCUNE IDENTITÉ LÉGALE... ET VOUS M'AVEZ PLACÉ À SA TÊTE AVEC LES PLEINS POUVOIRS, NE DEVANT RÉFÉRER DE MES ACTES QU'AUPRÈS DE VOUS OU DE VOTRE SUCCESSEUR.

OUI, OUI... NE CRAIGNEZ RIEN, JE NE COMPTE PAS ME DÉROBER DEVANT MES RESPONSABILITÉS.

NÉANMOINS, NOUS VOICI DEVANT UNE SITUATION PARTICULIÈREMENT EXPLOSIVE : L'UN DE NOS AGENTS SE PROMÈNE DANS LA NATURE APRÈS AVOIR TUÉ UN PONTE DE L'ÉGLISE SANS RAISON APPARENTE. COMMENT ALLONS-NOUS METTRE LA MAIN DESSUS SANS ALERTER LES SERVICES DE LA POLICE CRIMINELLE, ET QU'EN FERONS-NOUS LORSQUE NOUS L'AURONS RETROUVÉ ? SI NOUS LE RETROUVONS LES PREMIERS...

J'ESPÈRE QU'IL TENTERA D'ENTRER EN CONTACT AVEC MOI. JE SOUHAITE QU'IL DOIVE S'Y RÉSOUDRE, BIEN QUE L'ORDRE LUI AIT ÉTÉ DONNÉ D'ÉVITER DE LE FAIRE POUR D'ÉVIDENTES RAISONS DE SÉCURITÉ.

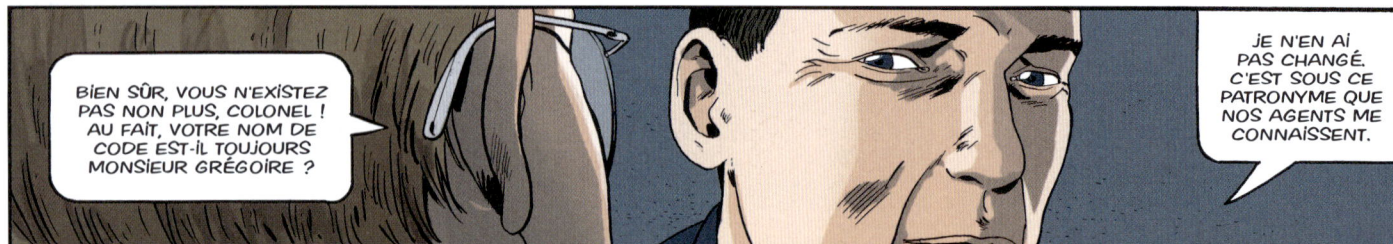

BIEN SÛR, VOUS N'EXISTEZ PAS NON PLUS, COLONEL ! AU FAIT, VOTRE NOM DE CODE EST-IL TOUJOURS MONSIEUR GRÉGOIRE ?

JE N'EN AI PAS CHANGÉ. C'EST SOUS CE PATRONYME QUE NOS AGENTS ME CONNAISSENT.

19 HEURES 46...

CLEMENT Loïc

G & C CHAILLET

HÉLÈNE ? QUE T'ARRIVE-T-IL ? TU T'ES DÉJÀ FÂCHÉE AVEC LE BEAU BLOND ET TU CHERCHES LA CONSOLATION D'UN VIEIL HOMO ?

JEAN EST AVEC MOI, LOÏC... NOUS AVONS BESOIN DE TON AIDE. C'EST UNE VÉRITABLE HISTOIRE DE FOU !

JUSQU'À TON COUP DE FIL, J'ÉTAIS UNE FILLE NORMALE, AVEC UN JOB, UN APPARTEMENT, UN CHAT, DE PETITES MANIES DE CÉLIBATAIRE... ET ME VOICI EN TRAIN DE FUIR... MAIS FUIR QUOI ?

JE TE L'AI DIT, CE N'EST PAS APRÈS TOI QU'ILS EN ONT. TU POURRAS RETROUVER TON JOB ET TON APPARTEMENT DÈS QUE JE T'AURAI QUITTÉE.

TU AS UNE MINE ÉPOUVANTABLE, MA CHÉRIE. QUANT À VOUS, JEAN, VOUS NE VALEZ PAS MIEUX.

JE DOIS TÉLÉPHONER IMMÉDIATEMENT... JE VOUS EXPLIQUERAI !

IL EST TOUJOURS AUSSI MUFLE, TON MEC ?

TU N'ES PAS AU BOUT DE TES SURPRISES... JEAN ME CERTIFIE QU'IL EST VICTIME D'UNE MACHINATION ABERRANTE DANS LAQUELLE ON LE FERAIT PASSER POUR UN TUEUR. DES TYPES ONT ESSAYÉ DE S'INTRODUIRE CHEZ MOI...

TIENS ? JE SUIS IMPATIENT D'EN APPRENDRE PLUS. MOI QUI COMMENÇAIS À TROUVER MES SOIRÉES UN PEU MONOTONES !

BONSOIR MADAME, J'AIMERAIS PARLER AU PROFESSEUR OSWALD.

JE SUIS SA FILLE... MON PÈRE EST DÉCÉDÉ. IL A SUCCOMBÉ À UNE CRISE CARDIAQUE CET APRÈS-MIDI...

VERS 17 HEURES 30... À UN ARRÊT DE BUS... PUIS-JE SAVOIR QUI VOUS ÊTES ?

QU'Y A-T-IL ? TU SEMBLES ANÉANTI...

UN AMI... MORT EN PLEINE RUE À LONDRES TOUT À L'HEURE. D'UNE CRISE CARDIAQUE, PARAÎT-IL, MAIS JE N'Y CROIS PAS... ILS L'ONT ÉLIMINÉ ! CES SALAUDS N'ONT PAS PERDU DE TEMPS !

CES SALAUDS, ON PEUT S'AVOIR DE QUI IL S'AGIT ?

ENCORE UN COUP DE FIL ET JE VOUS DIS TOUT ! AU POINT OÙ J'EN SUIS, ÇA ME FERA DU BIEN DE DÉBALLER LA VÉRITÉ. JE NE SUIS PAS SÛR, PAR CONTRE, QUE VOUS Y CROIREZ !

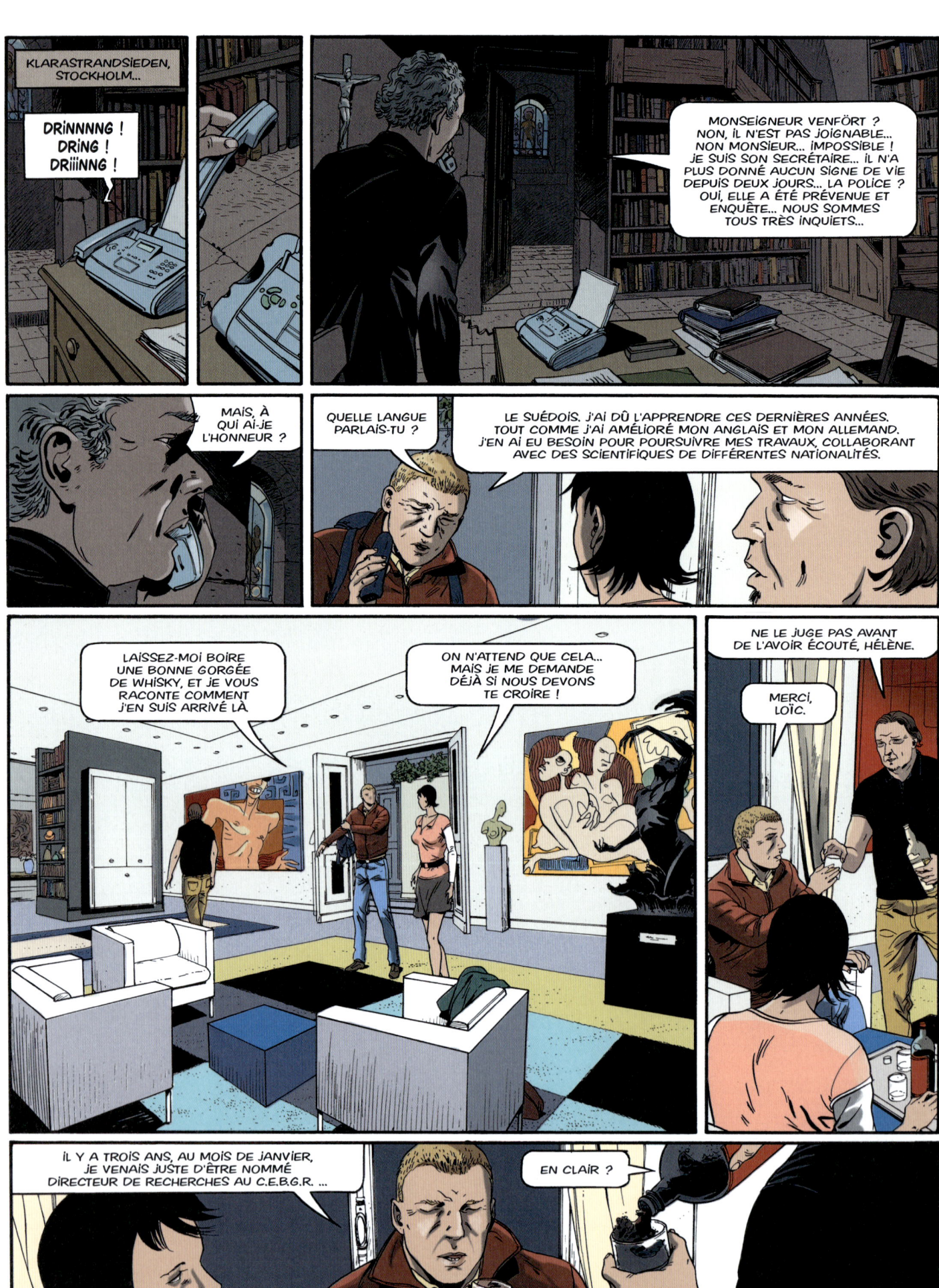

KLARASTRANDSIEDEN, STOCKHOLM...

DRINNNNG !
DRING !
DRIIINNG !

MONSEIGNEUR VENFÖRT ? NON, IL N'EST PAS JOIGNABLE... NON MONSIEUR... IMPOSSIBLE ! JE SUIS SON SECRÉTAIRE... IL N'A PLUS DONNÉ AUCUN SIGNE DE VIE DEPUIS DEUX JOURS... LA POLICE ? OUI, ELLE A ÉTÉ PRÉVENUE ET ENQUÊTE... NOUS SOMMES TOUS TRÈS INQUIETS...

MAIS, À QUI AI-JE L'HONNEUR ?

QUELLE LANGUE PARLAIS-TU ?

LE SUÉDOIS. J'AI DÛ L'APPRENDRE CES DERNIÈRES ANNÉES. TOUT COMME J'AI AMÉLIORÉ MON ANGLAIS ET MON ALLEMAND. J'EN AI EU BESOIN POUR POURSUIVRE MES TRAVAUX, COLLABORANT AVEC DES SCIENTIFIQUES DE DIFFÉRENTES NATIONALITÉS.

LAISSEZ-MOI BOIRE UNE BONNE GORGÉE DE WHISKY, ET JE VOUS RACONTE COMMENT J'EN SUIS ARRIVÉ LÀ.

ON N'ATTEND QUE CELA... MAIS JE ME DEMANDE DÉJÀ SI NOUS DEVONS TE CROIRE !

NE LE JUGE PAS AVANT DE L'AVOIR ÉCOUTÉ, HÉLÈNE.

MERCI, LOÏC.

IL Y A TROIS ANS, AU MOIS DE JANVIER, JE VENAIS JUSTE D'ÊTRE NOMMÉ DIRECTEUR DE RECHERCHES AU C.E.B.G.R. ...

EN CLAIR ?

22

LE CENTRE D'ÉTUDES EN BIOLOGIE ET GÉNÉTIQUE DE LA REPRODUCTION. JE M'ÉTAIS SPÉCIALISÉ DANS L'APOGAMIE, C'EST-À-DIRE LE DÉVELOPPEMENT DES EMBRYONS ISSUS D'UNE CELLULE SOUCHE, SANS PASSER PAR LA FÉCONDATION...

J'AVAIS ÉTÉ TRÈS INFLUENCÉ PAR LES TRAVAUX DU PROFESSEUR SIRARD, LEQUEL AVANÇAIT ALORS QUE "L'OVULE CONTENAIT LE SECRET DE L'IMMORTALITÉ" ! JE M'ÉTAIS D'AILLEURS FAIT UN NOM AUPRÈS DE COLLÈGUES INTERNATIONAUX QUE JE DEVAIS FORMER.

VOUS PENSEZ À L'HOMME ÉTERNEL, PROFESSEUR ?

JE NE CROIS PAS QUE L'IMMORTALITÉ SOIT UN JOUR ATTEINTE, MAIS L'ALLONGEMENT DE LA VIE, PAR CONTRE, EST CHOSE POSSIBLE. DES EXPÉRIMENTATIONS SUR DES RATS ET DES LAPINS ONT DÉJÀ PERMIS D'AUGMENTER L'ESPÉRANCE DE VIE DE CES PETITS MAMMIFÈRES DE MANIÈRE TRÈS SIGNIFICATIVE.

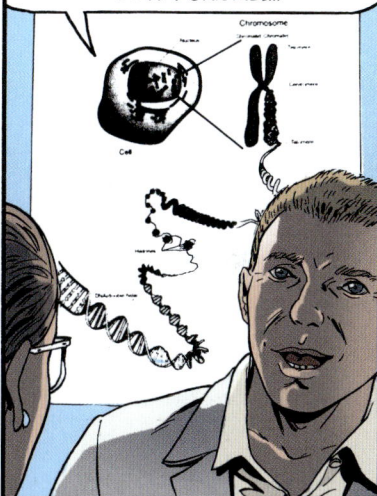

AVEC MON ÉQUIPE, NOUS AVONS EN EFFET "CRÉÉ" PAR CLONAGE DES RONGEURS AYANT DÉPASSÉ DE PLUS DE 20% LA LIMITE HABITUELLE DE LEUR ÂGE, EN UTILISANT LA MÉTHODE DU TRANSFERT QUI CONSISTE À SE SERVIR DES SPERMATOZOÏDES COMME VECTEURS DE L'ADN DU RAT ORIGINEL...

MAIS UN ADN ARTIFICIELLEMENT TRANSFORMÉ ! TEL QUE L'A PRATIQUÉ EN PREMIER LE PROFESSEUR SIRARD EN PLAÇANT UN GÈNE NOUVEAU DANS UN SEGMENT PRÉCIS DE L'ADN.

JE VOUS PRÉSENTE SIR ARCHIBALD, LE PLUS VIEUX RAT DU MONDE ! VOUS SERIEZ ÉTONNÉS DE LIRE LES INFORMATIONS GÉNÉTIQUES DE SES CHROMOSOMES. SES CHROMATIDES SONT RELIÉES ENTRE ELLES PAR UN NUCLÉOFILAMENT SUR LEQUEL NOUS SOMMES INTERVENUS ARTIFICIELLEMENT.

VOUS PLONGEZ AU CŒUR MÊME DU MYSTÈRE DE LA VIE !

EN EFFET. ET J'ADMETS QUE CES RECHERCHES SOULÈVENT DES RÉFLEXIONS D'ORDRE BIOÉTHIQUE... NÉANMOINS, LA SCIENCE RESTE ACCEPTABLE TANT QU'ELLE SE MET AU SERVICE DE L'HOMME. LES TRAVAUX QUE JE CONDUIS NOUS AIDERONT SANS DOUTE À VAINCRE CERTAINS CANCERS OU MALADIES ORPHELINES.

CE SOIR-LÀ, ALORS QUE J'ÉTAIS ENCORE À RÉFLÉCHIR SUR LES BIENFAITS OU LES DANGERS DE LA SCIENCE, JE FUS ABORDÉ DANS LE PARKING DU CENTRE. OUI, C'EST CE SOIR-LÀ QUE TOUT A COMMENCÉ...

PROFESSEUR NOMANE ?

OUI ?...

VOUS NE FAISIEZ PAS PARTIE DU GROUPE DE VISITEURS ? QUI ÊTES-VOUS ?

VOUS POUVEZ M'APPELER MONSIEUR GRÉGOIRE, MAIS PEU IMPORTE MON NOM... JE SOUHAITERAIS QUE VOUS M'OFFRIEZ QUELQUES MINUTES DE VOTRE TEMPS CAR J'AI UNE PROPOSITION À VOUS FAIRE... QUELQUE CHOSE QUI A UN CERTAIN RAPPORT AVEC VOS ÉTUDES.

SI VOUS REPRÉSENTEZ UN LABORATOIRE ÉTRANGER AYANT L'INTENTION DE ME DÉBAUCHER, VOUS PERDEZ VOTRE TEMPS.

IL NE S'AGIT PAS D'UN LABORATOIRE. JE PEUX EFFACER VOS INQUIÉTUDES EN VOUS CONDUISANT AU MINISTÈRE DE L'INTÉRIEUR. MONSIEUR LE MINISTRE AIMERAIT S'ENTRETENIR AVEC VOUS.

VOUS N'AUREZ QU'À ME SUIVRE EN VOITURE... JE SUIS GARÉ À DEUX PAS... AINSI, VOUS POURREZ ME FAUSSER COMPAGNIE SI VOUS CHANGEZ D'AVIS.

LE MINISTRE DE L'INTÉRIEUR, DITES-VOUS ?

CE "MONSIEUR GRÉGOIRE" AVAIT PIQUÉ MA CURIOSITÉ. JE ME DEMANDAIS CEPENDANT CE QUE POUVAIT ME VOULOIR L'INTÉRIEUR... J'AVAIS ALERTÉ À PLUSIEURS REPRISES LES POUVOIRS PUBLICS AU SUJET DU SCANDALE DE LA CONTREBANDE DES EMBRYONS...

CETTE INVITATION AVAIT-ELLE UN RAPPORT AVEC MES COURRIERS ?

J'IGNORE POURQUOI JE ME SENTIS IMPORTANT. MA VANITÉ LÉGENDAIRE !

SUIVEZ-MOI, S'IL VOUS PLAÎT... NOUS SOMMES ATTENDUS EN SALLE DE CONFÉRENCE.

AH, PROFESSEUR NOMANE ! JE SUIS TRÈS HEUREUX QUE VOUS AYEZ ACCEPTÉ DE NOUS ACCORDER UN PEU DE VOTRE TEMPS. ASSEYEZ-VOUS. VOULEZ-VOUS UN RAFRAÎCHISSEMENT ?

NON MERCI, MONSIEUR LE MINISTRE. PAR CONTRE, JE PRÉFÉRERAIS FUMER SI VOUS N'Y VOYEZ PAS D'INCONVÉNIENT.

BIEN SÛR ! TROP HEUREUX DE VOUS ACCOMPAGNER.

IL Y AVAIT UN TYPE DANS L'OMBRE, MAIS ON NE ME L'AVAIT PAS PRÉSENTÉ.

EN PRÉAMBULE, JE ME PERMETS DE VOUS DIRE QUE CETTE CONVERSATION DOIT DEMEURER SECRÈTE ET QUE, QUOI QU'IL ARRIVE, JE NIERAI L'AVOIR EUE AVEC VOUS... JE SAIS QUE TOUT CELA A UN PETIT AIR THÉÂTRAL... MAIS VOUS EN COMPRENDREZ BIENTÔT LA RAISON.

J'ATTENDRAI DONC POUR EN JUGER.

VOUS POUVEZ COMMENCER, MONSIEUR GRÉGOIRE.

CE BÂTIMENT ABRITE L'ACADÉMIE PONTIFICALE DES SCIENCES AU VATICAN QUI A ÉTÉ FONDÉE AU XVIIᴱ SIÈCLE. ELLE EST CONSTITUÉE DE 80 ACADÉMICIENS NOMMÉS PAR LE PAPE... TOUS CHOISIS À TRAVERS LE MONDE POUR LEURS EXTRAORDINAIRES CONNAISSANCES DANS LES DOMAINES LES PLUS EN POINTE, GÉNÉTIQUE, PHYSIQUE, BIOLOGIE...

MAIS CETTE ACADÉMIE, DONT LES BUTS PREMIERS ÉTAIENT LOUABLES, A ÉTÉ NOYAUTÉE IL Y A QUELQUES ANNÉES PAR UNE CERTAINE ORGANISATION PARA-RELIGIEUSE, LES GARDIENS DU SANG.

APPELONS-LA PLUTÔT UNE SECTE ! CAR ELLE EN ÉPOUSE LE FONCTIONNEMENT, ALLANT JUSQU'À UTILISER UNE VÉRITABLE MILICE QUASI MILITAIRE.

CE PUISSANT MOUVEMENT, FINANCÉ PAR LE VATICAN ET D'IMPORTANTS FONDS OCCULTES, ÉTUDIE ACTUELLEMENT TOUTES LES PLUS GRANDES FIGURES DE L'HISTOIRE DE L'HUMANITÉ AYANT APPROCHÉ DE PRÈS OU DE LOIN LA QUÊTE DE LA LONGÉVITÉ OU DE L'IMMORTALITÉ.

LES ALCHIMISTES... NICOLAS FLAMEL, ALBERT LE GRAND, JÂBIR IBN HAYYÂN... LES MAÎTRES DE L'ÉGYPTE ANTIQUE... JÉSUS !

LE CHRIST ?

LES GARDIENS DU SANG SONT DES GENS TRÈS PROSAÏQUES, PROFESSEUR ! ILS ENVISAGENT LE FAIT QUE JÉSUS N'AIT ÉTÉ QU'UN SIMPLE MORTEL QUI AURAIT RESSUSCITÉ GRÂCE À LA MAÎTRISE D'UNE ANTIQUE SCIENCE.

ET LE PAPE ACCEPTE DE TELS HÉRÉTIQUES AU SEIN DU VATICAN ?

NOUS PENSONS QUE LES GARDIENS DU SANG MAINTIENNENT LE SAINT-PÈRE DANS L'IGNORANCE DE LA PLUPART DE LEURS ENTREPRISES. DU MOINS EST-CE NOTRE SENTIMENT.

JE SUIS À PEU PRÈS CERTAIN QU'IL N'A PAS CONNAISSANCE DU BUT QUE POURSUIVENT LES GARDIENS.

ET CE BUT ? QUEL EST-IL ?

L'IMMORTALITÉ !

VOUS COMPRENEZ POURQUOI NOUS VOUS AVONS FAIT VENIR, PROFESSEUR ?

OUI, BIEN SÛR.

LES ÉTUDES RELATIVES À LA RECHERCHE DE L'IMMORTALITÉ SONT DIRIGÉES PAR UNE HAUTE LOGGIA COMPOSÉE DE CHERCHEURS RELIGIEUX ET LAÏCS DONT CERTAINS MEMBRES TRAVAILLENT DANS DES LABORATOIRES ROMAINS, TELS DE VÉRITABLES MOINES, COUPÉS DE LEURS FAMILLES, NE SORTANT POUR AINSI DIRE JAMAIS !

MAIS NOUS VENONS D'APPRENDRE QU'AU SEIN MÊME DE CETTE HAUTE LOGGIA, LES EXPÉRIENCES GÉNÉTIQUES EN COURS CHOQUAIENT LA DÉONTOLOGIE DE QUELQUES SCIENTIFIQUES. IL EST MÊME QUESTION D'UNE SCISSION POSSIBLE !

JE M'ÉTONNE QUE VOUS AYEZ PU VOUS PROCURER DES VIDÉOS DE CES LABORATOIRES S'ILS SONT AUSSI SECRETS QUE VOUS LE LAISSEZ ENTENDRE.

ELLE NOUS ONT ÉTÉ DONNÉES PAR L'UN DES MEMBRES LES PLUS INFLUENTS DE LA HAUTE LOGGIA QUI N'EN PARTAGE PLUS LA PHILOSOPHIE. LES OPPOSANTS AU PROJET DE RECHERCHE DES GARDIENS DU SANG DOIVENT REDOUBLER DE PRUDENCE...

PRENEZ LE CAS DU PROFESSEUR SIMON RENDALT QUI S'EST FAIT CONNAÎTRE PAR UN COUP D'ÉCLAT... IL A ÉTÉ LE PREMIER À CRÉER UNE SOURIS TRANSGÉNIQUE MUTANTE POUR ÉTUDIER L'HÉTÉROGENÈSE DE SA DESCENDANCE. IL A SANS AUCUN DOUTE ÉTÉ ÉLIMINÉ PAR LES GARDIENS DU SANG POUR AVOIR CHERCHÉ À LES QUITTER.

J'AI APPRIS SA MORT L'ANNÉE DERNIÈRE, EFFECTIVEMENT. UN ACCIDENT DE VOITURE EN ALLEMAGNE.

Mort accidentelle du généticien Simon Rendalt

Image sur l'écran, mais personnages en premier plan. Photographie d'une voiture broyée par un train. Carcasse déchiquetée d'une sous-détaillée de la

QUANT AU DOCTEUR HANSMER, SPÉCIALISTE DE LA BIOLOGIE MOLÉCULAIRE, MEMBRE DE L'ACADÉMIE DES SCIENCES DE PARIS, RECONNU POUR SES TRAVAUX REMARQUABLES SUR LA MUTAGENÈSE ET LES MÉCANISMES DE LA RÉPLICATION GÉNÉTIQUE, IL A ÉTÉ RETROUVÉ CARBONISÉ AVEC SA FEMME DANS SON PAVILLON DE VANVES...

C'ÉTAIT UN HOMME D'EXCEPTION ET JE ME SUIS BEAUCOUP INSPIRÉ DE SES TRAVAUX.

JE DOIS VOUS RÉVÉLER MAINTENANT QU'UNE BRIGADE SECRÈTE A ÉTÉ CONSTITUÉE IL Y A PEU. ELLE EST CHARGÉE DE L'INFILTRATION DES SECTES LES PLUS INFLUENTES SINON LES PLUS DANGEREUSES.

TRÈS BIEN, MAIS JE NE VOIS PAS EN QUOI JE PEUX VOUS ÊTRE UTILE.

L'OPPORTUNITÉ NOUS EST DONNÉE DE POUVOIR INFILTRER L'ORGANISATION DES GARDIENS DU SANG... NOUS NE POUVONS CEPENDANT PAS CONFIER CETTE MISSION À UN AGENT LAMBDA. IL NOUS FAUT UN SCIENTIFIQUE DE HAUT NIVEAU TEL QUE VOUS, PROFESSEUR ! QUELQU'UN QUE LES GARDIENS RÊVENT D'ENRÔLER.

AH ?!... SI JE M'ATTENDAIS À CELA !

ET PAR QUEL MOYEN VOUS ME CATAPULTERIEZ DANS CE BOURBIER ? JE VAIS COGNER À LEUR PORTE UN BEAU MATIN POUR LEUR OFFRIR MES SERVICES ?

MOI, JE PEUX VOUS PARRAINER, PROFESSEUR NOMANE ! MOI, J'EN AI LES MOYENS.

C'EST DANS CE BUREAU, LORS DE CETTE ÉTONNANTE RÉUNION, QUE JE RENCONTRAIS MONSEIGNEUR MOTTELI POUR LA PREMIÈRE FOIS.

INUTILE DE VOUS LE CACHER... J'APPARTIENS À LA HAUTE LOGGIA. J'EN AI MÊME ÉTÉ L'UN DES FONDATEURS. JE N'IMAGINAIS PAS, ALORS, QUE LES EXPÉRIENCES GÉNÉTIQUES QUE NOUS ENTREPRENIONS ALLAIENT DÉBOUCHER SUR... SUR DES EXPÉRIMENTATIONS HUMAINES ! LES GARDIENS DU SANG S'APPRÊTENT EN EFFET À TRAVAILLER SUR DES COBAYES HUMAINS !

DONNEZ UNE BAGUETTE MAGIQUE À DES CINGLÉS, ILS S'EN SERVIRONT FORCÉMENT UN JOUR !

JE SUIS DE VOTRE AVIS. C'EST POURQUOI JE NE PEUX PLUS CAUTIONNER LA POLITIQUE DE MES PAIRS. JE SUIS UN HOMME D'ÉGLISE... JE RESPECTE LA VIE, ET SI J'AI CHOISI DE SERVIR LA SCIENCE, C'ÉTAIT POUR AMÉLIORER LE SORT DE L'HUMANITÉ...

... NON POUR COURIR DERRIÈRE DES CHIMÈRES ET TENTER DE RIVALISER AVEC DIEU. LES GARDIENS DU SANG SONT PERSUADÉS QUE JÉSUS ET QUELQUES ALCHIMISTES ONT APPROCHÉ LE GRAND ŒUVRE DE MANIÈRE EMPIRIQUE.

NOUS AVONS BESOIN DE VOUS, PROFESSEUR. RÉELLEMENT BESOIN DE VOS TALENTS.

JE SUIS TOUCHÉ. MAIS IMAGINONS QUE JE REFUSE ?

CELA VOUDRAIT DIRE QUE NOUS NOUS SOMMES TROMPÉS SUR VOUS. TANT PIS ! VOUS REPARTIRIEZ DE CE BUREAU EN TOUTE LIBERTÉ. IL NE SE SERAIT JAMAIS RIEN PASSÉ ENTRE CES MURS.

IL N'EMPÊCHE QUE NOUS AVONS ÉTUDIÉ VOTRE DOSSIER. NOUS CONNAISSONS VOS PRISES DE POSITION MORALE, VOTRE APPARTENANCE AU GROUPE D'ÉTHIQUE SCIENTIFIQUE, VOS ENGAGEMENTS PHILOSOPHIQUES POUR UNE SCIENCE CONFORME AUX VALEURS HUMAINES...

MINCE, VOUS M'AVEZ DISSÉQUÉ COMME UNE SOURIS DANS UN LABO !

C'EST MON MÉTIER, PROFESSEUR.

SEUL UN HOMME TEL QUE VOUS PEUT DEVENIR UN SOUS-MARIN CHEZ LES GARDIENS DU SANG. ÉTUDIEZ AU MOINS NOTRE DEMANDE.

À QUEL STADE CES APPRENTIS SORCIERS EN SONT-ILS ARRIVÉS ?

IL LEUR MANQUE PEU DE CHOSE POUR ATTEINDRE CE QUE TRAQUENT LES ALCHIMISTES DEPUIS LA NUIT DES TEMPS : L'ÉLIXIR DE L'IMMORTALITÉ !

RIEN QUE CELA ! ET COMMENT ? À PARTIR DE VIEUX GRIMOIRES ? OU BIEN DE FORMULES ÉSOTÉRIQUES ? DE POUDRE DE PERLIMPINPIN ?

MIEUX QUE CELA. À PARTIR DE FRAGMENTS DE PEAU ET D'OS D'ALCHIMISTES QUI ONT EXPÉRIMENTÉ SUR EUX LE RÉSULTAT DE LEURS TRAVAUX. ET PUIS, BIEN SÛR, À L'AIDE DES RÉCENTES ÉTUDES CONDUITES PAR DES SCIENTIFIQUES TELS QUE VOUS.

TRÈS FLATTÉ !

MONSEIGNEUR MOTTELI ÉTAIT ALORS CHARGÉ DE RECRUTER À TRAVERS LE MONDE DES CHERCHEURS SUSCEPTIBLES DE FAIRE PROGRESSER LES TRAVAUX DE LA HAUTE LOGGIA. SON PARRAINAGE ÉTAIT POUR MOI UN VÉRITABLE SAUF-CONDUIT.

TU AS ACCEPTÉ TOUT DE SUITE ?

NON, JE ME SUIS DONNÉ PLUS D'UN MOIS POUR RÉFLÉCHIR AVANT DE PRENDRE MA DÉCISION.

TU AURAIS PU M'EN PARLER !

C'ÉTAIT IMPOSSIBLE... J'ALLAIS DEVENIR UN AGENT PLONGÉ EN TOTALE IMMERSION DANS L'ORGANISATION DES GARDIENS DU SANG. JE DEVAIS VIVRE EN ITALIE, COUPÉ DU MONDE. D'AUTRE PART, SOUVIENS-TOI... NOUS ÉTIONS EN FROID, À CETTE ÉPOQUE !

IL FALLAIT QU'ILS SOIENT CERTAINS QUE J'ÉTAIS DEVENU L'UN DES LEURS, MOTTELI ÉTANT LE SEUL LIEN QUI ME RATTACHAIT À MONSIEUR GRÉGOIRE. C'EST PAR LUI QUE JE COMMUNIQUAIS TOUTES LES INFORMATIONS QUE JE PARVENAIS À GLANER.

BIENTÔT, J'APPRIS QUE DES SAVANTS QUI COLLABORAIENT OCCASIONNELLEMENT AUX ÉTUDES DE LA LOGGIA AVAIENT L'INTENTION D'ABANDONNER LE PROJET EN COURS. J'AI ÉTÉ CHARGÉ DE LES APPROCHER...

28

AU MÊME MOMENT, QUAI DES ORFÈVRES...

REGARDE... LÀ IL VIENT DE SORTIR DU BÂTIMENT ET DÉCOUVRE LA CAMÉRA.

ET IL TIENT TOUJOURS SON POIGNARD À LA MAIN. CE TYPE N'A PAS UN COMPORTEMENT NORMAL...

IL NE SE CONDUIT PAS D'UNE MANIÈRE RATIONNELLE DEPUIS LE DÉBUT. POURQUOI A-T-IL OPÉRÉ EN PLEIN JOUR ? IL AURAIT SOUHAITÉ ÊTRE DÉCOUVERT QU'IL N'AURAIT PAS AGI AUTREMENT !

JE ME DEMANDE COMMENT IL EST ENTRÉ DANS L'ENCEINTE DU SÉMINAIRE...

ON LE VOIT S'ENFUIR SOUS TOUS LES ANGLES, MAIS AUCUNE DES BANDES NE LE MONTRE ENTRER.

IL S'EST PEUT-ÊTRE FAIT ENFERMER DANS LE BÂTIMENT LA VEILLE... OU MÊME QUELQUES JOURS PLUS TÔT. ON VA DEVOIR SE PAYER DES HEURES DE VISIONNAGE !

CAMIONNETTES DE LIVRAISON, VOITURE DE LA POSTE, FOURGONNETTE DU BLANCHISSEUR, SCOOTER...

IL S'EST PEUT-ÊTRE PLANQUÉ DANS UNE CAMIONNETTE.

POURQUOI PAS ? IL AURA BÉNÉFICIÉ D'UNE COMPLICITÉ QUELCONQUE ET AURA PU SE DISSIMULER DANS N'IMPORTE QUEL VÉHICULE ! ON VA RELEVER TOUTES LES PLAQUES D'IMMATRICULATION POUR REMONTER AUX SOURCES.

LES INSPECTEURS AURONT SANS DOUTE RETROUVÉ CE DINGUE D'ASSASSIN AVANT...

... AVEC LES BANDES VIDÉO ET TOUTES LES EMPREINTES DIGITALES QU'IL A LAISSÉES DANS L'APPARTEMENT DE MOTTELI, SON NOM ET SON PEDIGREE DEVRAIENT BIENTÔT SORTIR DES BÉCANES.

ET JE TE PARIE QU'ON VA TOMBER SUR UN CAMÉ QUI CHERCHAIT JUSTE UN PEU DE FRIC POUR SE PAYER SA DOPE !

HUM... N'OUBLIONS PAS QU'IL A CERTAINEMENT ÉTÉ AIDÉ POUR PÉNÉTRER DANS LE SÉMINAIRE. ON AURAIT AFFAIRE À UNE BANDE ORGANISÉE DE DROGUÉS ?

COMMENT EXPLIQUER LA MÉTHODE EMPLOYÉE ? CE TYPE A AGI EN DÉPIT DES RÈGLES ÉLÉMENTAIRES DU CRIMINEL DE BASE !

20 HEURES 23...

NOUS AVONS PERDU LA PISTE DE NOMANE.

HEUREUSEMENT QUE NOUS LE TENONS TOUJOURS. LE SECRÉTAIRE DE MONSEIGNEUR VENFÖRT A REÇU À 19 HEURES 54 UN APPEL QUE NOUS AVONS INTERCEPTÉ. C'ÉTAIT NOMANE !

IL AVAIT PRÉCÉDEMMENT TÉLÉPHONÉ AU DOMICILE DE CLARK. LES VOLTIGEURS, EN ALLEMAGNE, SONT ARRIVÉS TROP TARD. CLARK ET SA FEMME VENAIENT DE DISPARAÎTRE.

AVEZ-VOUS EU LE TEMPS DE TRACER LES DEUX APPELS ?

OUI. LE PREMIER A ÉTÉ PASSÉ DE CHEZ HÉLÈNE FAREL ET LE SECOND DE CHEZ LOÏC CLÉMENT.

CLÉMENT... CE N'EST PAS L'EMPLOYEUR DE FAREL ?

EN EFFET. ON DIRAIT BIEN QUE NOMANE EST EN TRAIN DE MOUILLER TOUT SON ENTOURAGE !

J'AI DÉCIDÉ D'ENVOYER IMMÉDIATEMENT UN AGENT SE METTRE EN PLANQUE AU DOMICILE DE CLÉMENT. ON POURRA AINSI RÉPARER VOTRE BÉVUE ET VOUS ÉVITER LES FOUDRES DE MONSIGNORE !

MERCI, VALENTE... VRAIMENT, MERCI !

IL N'EMPÊCHE QUE L'OPÉRATION NE TOURNE PAS COMME NOUS L'AVIONS PRÉVU. NOMANE DEVRAIT DÉJÀ ÊTRE MORT AINSI QUE CES TRAÎTRES DE CLARK ET VENFÖRT. LE PROJET GÉNOME-1 VA BIENTÔT ENTRER DANS SA PHASE FINALE ET NOUS NE POUVONS NOUS PERMETTRE DE LAISSER NOS ENNEMIS EN LIBERTÉ.

ET NOUS IGNORONS OÙ EST LE CRÂNE DE CAGLIOSTRO !

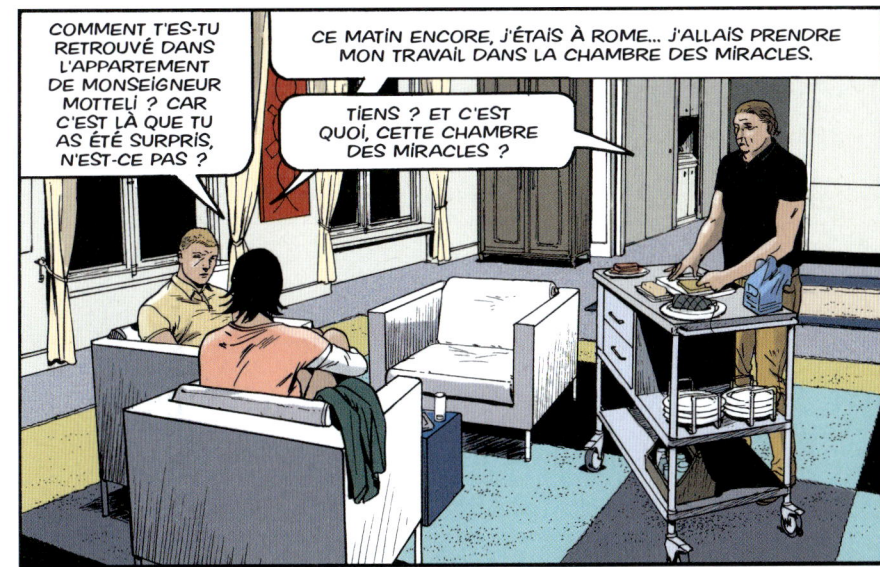

COMMENT T'ES-TU RETROUVÉ DANS L'APPARTEMENT DE MONSEIGNEUR MOTTELI ? CAR C'EST LÀ QUE TU AS ÉTÉ SURPRIS, N'EST-CE PAS ?

CE MATIN ENCORE, J'ÉTAIS À ROME... J'ALLAIS PRENDRE MON TRAVAIL DANS LA CHAMBRE DES MIRACLES.

TIENS ? ET C'EST QUOI, CETTE CHAMBRE DES MIRACLES ?

UN LABORATOIRE PARTICULIER OÙ L'ON ANALYSE LES RELIQUES DE CERTAINS INDIVIDUS QUI AURAIENT EXPÉRIMENTÉ SUR EUX DES PROCÉDÉS ALCHIMIQUES. NOUS DÉTERMINONS SI LEUR ADN A ÉTÉ TRANSFORMÉ ET DE QUELLE NATURE.

NOUS Y ÉTUDIONS LES CAS SURNATURELS AVÉRÉS À PARTIR D'OS OU DE TISSUS ORGANIQUES DE QUELQUES SAINTS. TOUJOURS EN VUE D'APPRIVOISER L'INDICIBLE...

JE LOGEAIS DANS UN STUDIO, AU TROISIÈME SOUS-SOL DU LABO. JE N'AVAIS QU'À PRENDRE UN ASCENSEUR POUR GAGNER MON BOULOT...

À LA RÉFLEXION, JE CROIS QUE LE CAFÉ QUE M'AVAIT OFFERT MON ASSISTANT DEVAIT ÊTRE DROGUÉ. J'AI EU UN MALAISE EN ME METTANT À MON SPECTROGRAPHE. CE FUT LE TROU NOIR...

JE ME RAPPELLE AVOIR ÉTÉ RELEVÉ, PRESQUE PORTÉ... JE PARVENAIS À MARCHER, MAIS SANS AUCUNE VOLONTÉ.

JE NE POUVAIS QUE ME LAISSER CONDUIRE COMME SI J'AVAIS ÉTÉ IVRE.

JE ME SOUVIENS AVOIR PRIS L'AVION ENTRE DEUX TYPES QUE JE NE CONNAISSAIS PAS, ET M'ÊTRE ENDORMI...

31

... POUR ME RÉVEILLER DANS UNE CAMIONNETTE. TOUJOURS INCAPABLE DE RÉAGIR PAR MOI-MÊME.

J'AI RECOUVRÉ UN INSTANT DE LUCIDITÉ EN ME RETROUVANT DEVANT LE CARDINAL MOTTELI. J'AVAIS UNE ÉPOUVANTABLE ENVIE DE VOMIR... LA TÊTE ME FAISAIT SOUFFRIR.

JEAN ? QUE FAITES-VOUS ICI ? QUI VOUS A CONDUIT ?

JE... N'Y SUIS POUR RIEN... M'ONT... DROGUÉ...

LE CARDINAL A ÉTÉ POIGNARDÉ SOUS MES YEUX. UN VIOLENT COUP À LA POITRINE. JE ME SUIS ÉCROULÉ À CE MOMENT-LÀ.

LE TUEUR M'A ALORS MIS SON ARME DANS LA MAIN. J'ÉTAIS INCAPABLE DE RÉAGIR... CE QUI SEMBLAIT AMUSER LE TYPE !

FÉLICITATIONS, PROFESSEUR... VOUS VENEZ D'ASSASSINER MONSEIGNEUR MOTTELI.

RIEN QU'UNE PETITE PIQÛRE DE RAPPEL POUR NOUS DONNER LE TEMPS DE PRENDRE UN PEU DE LARGE. LE COIN VA BIENTÔT GROUILLER DE FLICS !

IL Y AVAIT UN TROISIÈME PERSONNAGE... UN ECCLÉSIASTIQUE ! IL S'EST MIS À PRIER EN SILENCE SUR LE CORP DU CARDINAL

PUIS L'HOMME EST PARTI À SON TOUR. COMBIEN DE TEMPS S'EST-IL PASSÉ AVANT QUE J'ENTENDE RÂLER...

JEAN... JEAN...

JEAN... SAUVEZ-VOUS... PRENEZ LE CRÂNE... CAGLIOSTRO AVAIT RÉUSSI EN PARTIE... IL AVAIT RETROUVÉ LES HÉRITIERS DE DEÏR EL-MEDINEH... SUR LE BUREAU... LA RADIO, OUVREZ-LA...

QUAND JE ME SUIS RETOURNÉ, MONSEIGNEUR MOTTELI ÉTAIT MORT.

CE N'EST QU'UN MALHEUREUX CONTRETEMPS, MONSEIGNEUR. RIEN DE TRÈS INQUIÉTANT POUR L'INSTANT.

UN CONTRETEMPS, DITES-VOUS ! NOMANE EST PARVENU À PRÉVENIR LE DOCTEUR CLARK, ET VENFÖRT A PRIS LA FUITE DEPUIS DEUX JOURS... UN CONTRETEMPS !

JE CRAINS QUE LES... LES DISSIDENTS DU PROJET NE SOIENT PLUS ORGANISÉS QU'IL N'Y PARAÎT. NOUS NE RÉAGISSONS PAS À UNE SIMPLE RÉBELLION... NOUS SOMMES VICTIMES D'UNE INFILTRATION. JUSQU'À QUEL POINT SOMMES-NOUS CONTAMINÉS ?

POUR L'INSTANT, NOUS N'AVONS QUE DES CERTITUDES CONCERNANT MOTTELI ET NOMANE. VOUS PENSEZ QU'IL Y EN A D'AUTRES ?

JE N'EXCLUS PAS CETTE POSSIBILITÉ. LA B.I.S. N'A SANS DOUTE PAS JETÉ NOMANE EN SOLITAIRE AU CŒUR DE LA HAUTE LOGGIA. LES AGENTS OPÈRENT RAREMENT EN SOLO. QUE VAIS-JE DIRE À NOTRE COMMANDITAIRE ?

ET VOUS CROYEZ QUE CELA VA SUFFIRE ? IL ME PRESSE DÉJÀ DE QUESTIONS AU SUJET DES SAVANTS QUE NOUS AVONS DÉCIDÉ D'ÉLIMINER. IL NE NOUS DONNERA JAMAIS LE FEU VERT POUR LA PHASE FINALE AVANT QUE NOUS LUI AYONS PRÉSENTÉ TOUS LES TESTS. LE CRÂNE DE CAGLIOSTRO NOUS FAIT CRUELLEMENT DÉFAUT !

QUE GÉNOME-1 POURSUIT SON ÉVOLUTION, QUE L'EXPÉRIMENTATION HUMAINE EST IMMINENTE.

NE SOMMES-NOUS PAS SUFFISAMMENT AVANCÉS MALGRÉ CELA ?

NOUS AURIONS PU ÉTABLIR LE GÉNOTYPE DE CAGLIOSTRO, NOUS LE SERIONS CERTAINEMENT PLUS. SANS CELA, NOUS AVANÇONS À L'AVEUGLETTE... UN CONTRETEMPS ? NON, TOUT SIMPLEMENT DU TEMPS ! UN TEMPS QUI COÛTE UNE FORTUNE À NOTRE BAILLEUR DE FONDS !

COMMENT IMAGINEZ-VOUS QUE NOUS FINANCIONS CE PROJET ? EN CLAQUANT DES DOIGTS ? DES ARMES ET DE LA DROGUE SONT VENDUES À L'AUTRE BOUT DU MONDE POUR APPROVISIONNER NOS CAISSES ! DES GUERRES SONT DÉCLENCHÉES ! DES HOMMES POLITIQUES SONT RENVERSÉS OU ASSASSINÉS...

NOUS VENDONS NOTRE ÂME À PRIX D'OR ! MAIS CE PRIX EXIGE DES RÉSULTATS EN RETOUR.

21 HEURES...

HÔTEL PALMA, PLACE DE L'OPÉRA, S'IL VOUS PLAÎT.

C'EST PARTI !

VOTRE ACCENT... C'EST ALLEMAND, N'EST-CE PAS ?

SUÉDOIS.

AH ! LA RADIO VOUS DÉRANGE PAS ? C'EST L'HEURE DES INFOS...

... NOUS APPRENONS À L'INSTANT QUE L'ASSASSIN DU CARDINAL STEPHANO MOTTELI VIENT D'ÊTRE IDENTIFIÉ. IL S'AGIRAIT D'UN GÉNÉTICIEN, JEAN NOMANE, DISPARU DEPUIS TROIS ANS. LE PROFESSEUR NOMANE ÉTAIT UN SCIENTIFIQUE RÉPUTÉ DU CENTRE D'ÉTUDES EN BIOLOGIE ET GÉNÉTIQUE DE LA REPRODUCTION. RECONNU PAR LE MILIEU SCIENTIFIQUE, IL ÉTAIT...

ÇA Y EST, ILS L'ONT VITE CHOPÉ, LE GARS ! ON PARLAIT QUE DE LUI DEPUIS DIX-HUIT HEURES... QUAND LES FLICS S'Y METTENT, ILS PEUVENT ÊTRE PERFORMANTS !

TIDIT DIT TIDIT DIT !

C'EST MOI...

UN TEXTO... DE VENFÖRT !

« RENDEZ-VOUS GARE DU NORD. DEMAIN 10H. CONSIGNE. V. » TU DOUTES ENCORE DE MOI, HÉLÈNE ? MONSEIGNEUR VENFÖRT A RÉUSSI À FAUSSER COMPAGNIE AUX GARDIENS DU SANG EN SUÈDE. LUI, IL SAURA QUOI FAIRE DU CRÂNE DE CAGLIOSTRO.

TU PARLES DU CRÂNE QUE TU AS TROUVÉ CHEZ MOTTELI ? C'EST CE TRUC QUE TU AS DANS TON SAC À DOS ?

JE CROYAIS QUE CAGLIOSTRO ÉTAIT UN PERSONNAGE DE FICTION. UN HÉROS DE DUMAS !

C'ÉTAIT AVANT TOUT UN ALCHIMISTE QUI DÉFRAYA LES CHRONIQUES DE SON ÉPOQUE. UN ÉTRANGE PERSONNAGE, MÉLANGE DE MYSTÈRE, DE SAVOIR ET DE MYSTIFICATION.

GIUESEPPE CAGLIOSTRO ET SERAPHINA SON ÉPOUSE, APRÈS MAINTES AVENTURES À TRAVERS L'EUROPE, S'INSTALLÈRENT EN ITALIE LE 17 MAI 1789. CAGLIOSTRO FIT, COMME À SON HABITUDE, IMMÉDIATEMENT PARLER DE LUI...

L'INFLUENCE DE CET AVENTURIER AUPRÈS DE LA POPULATION ROMAINE EST FORT MAUVAISE. CE JOSEPH BALSAMO, QUI SE FAIT APPELER CAGLIOSTRO, SE DIT IMMORTEL, MAGICIEN, DEVIN...

IL M'A ÉTÉ RAPPORTÉ QUE CE CHARLATAN ATTIRE UNE FOULE IMPORTANTE DE NOBLES ET D'ABBÉS DANS SA DEMEURE COSSUE DE LA PLACE FARNÈSE. LÀ, LE GRAND COPHTE, COMME IL SE FAIT AUSSI NOMMER, SOUVENT EN COMPAGNIE DE SA FEMME GRANDE MAÎTRESSE DE LA LOGE ISIS, CONVERTIT LES CRÉDULES À SON ÉSOTÉRISME DE PACOTILLE.

PERMETTEZ-MOI DE NE PAS PARTAGER VOTRE JUGEMENT À SON ÉGARD, SAINT-PÈRE... J'AI OBTENU DES PREUVES DES RÉELS POUVOIRS DE CAGLIOSTRO. CERTES, L'HOMME EST HÂBLEUR, VANTARD, OUTRECUIDANT ET SUFFISANT, MAIS IL EST INDÉNIABLE QU'IL A PRÉDIT PLUS D'UNE FOIS DES ÉVÉNEMENTS QUI SE SONT RÉALISÉS.

BOUFFONNERIE !

JE SAIS SURTOUT QU'IL EST FONDATEUR DE LA MAÇONNERIE ÉGYPTIENNE ET QU'IL ATTIRE DE PLUS EN PLUS DE FIDÈLES DANS SES FILETS !

D'AUTRE PART, IL VIOLE LE CODE INQUISITORIAL QUE LE PÈRE PASQUALONE A ÉTABLI EN 1730... DANS LEQUEL IL DÉFINIT LA NATURE DU MAGICIEN. EH BIEN ! CAGLIOSTRO RÉPOND À CETTE ACCEPTION ET FAIT COMMERCE AVEC LE DÉMON PAR SES PRATIQUES.

JE PROPOSE QUE L'ABBÉ BENEDETTI, QUI EST AVOCAT DE LA CURIE, S'INFILTRE CHEZ LES ÉPOUX CAGLIOSTRO ET ASSISTE À PLUSIEURS DE LEURS RÉUNIONS. IL M'EN FERA ENSUITE UN RAPPORT ET JE VERRAI S'IL EST JUSTE DE POURSUIVRE CE THAUMATURGE EN JUSTICE.

CELA VOUS CONVIENT-IL, FILS ?

JE ME RENDRAI DIGNE DE CETTE MISSION, PÈRE. JE ME FERAI PARRAINER PAR MON AMIE LA MARQUISE DE MIRELLA QUI A SES ENTRÉES CHEZ LE MAGICIEN.

QUE CRAIGNEZ-VOUS RÉELLEMENT, SAINT-PÈRE ? CET HOMME DE SAC ET DE CORDE N'EST GUÈRE PLUS QU'UN BRILLANT ILLUSIONNISTE ! RIEN D'AUTRE.

HMM... EN FRANCE, UNE FIÈVRE RÉVOLUTIONNAIRE COMMENCE À GANGRENER LE BAS CLERGÉ ET LE PEUPLE. D'IMPERCEPTIBLES ALERTES ME FONT PENSER QU'ELLE S'INSINUE DÉJÀ DANS LA PETITE BOURGEOISIE ITALIENNE.

IL Y A, DANS LES PROPOS ET AGISSEMENTS DE CE CAGLIOSTRO, LE FERMENT DE LA SÉDITION... UNE TUMEUR QU'IL FAUT COMBATTRE AVANT QU'ELLE NE CONTAMINE TOUT LE CORPS SOCIAL.

36

LE MOIS SUIVANT, LE PÈRE LUCA-ANTONIO BENEDETTI, ACCOMPAGNÉ DE LA MARQUISE DE MIRELLA, SE PRÉSENTA À LA VILLA MALTA DES ÉPOUX CAGLIOSTRO.

SOYEZ LES BIENVENUS DANS LA DEMEURE DU GRAND COPHTE.

BENEDETTI FUT SURPRIS DE RECONNAÎTRE DANS L'ASSISTANCE D'IMPORTANTES PERSONNALITÉS COMME SON ÉMINENCE L'AMBASSADEUR BERNIS, LE PRINCE FREDERICO CESI, L'ABBÉ QUIRINO VISCONTI, LA PRINCESSE RIZZONICO...

MAIS IL FUT ENCORE PLUS STUPÉFAIT PAR L'ARRIVÉE –L'ENTRÉE EN SCÈNE !– DE GIUSEPPE CAGLIOSTRO.

FILLES ET FILS DE LA TERRE, NOUS SOMMES RÉUNIS ICI EN CE LIEU SACRÉ QUE PROTÈGENT LES GRANDS SYMBOLES DE L'UNIVERS POUR INTERROGER L'AVENIR. MOI, L'HÉRITIER DE LA CONNAISSANCE, L'ANTÉDILUVIEN, LE TOUT-PUISSANT, MOI, JE VOUS LE DIS : CE QUI SERA DÉVOILÉ CE SOIR SERA PAROLE DE VÉRITÉ !

IL EST ENCORE TEMPS, POUR L'INCRÉDULE OU LE COUARD, DE QUITTER CES LIEUX. CAR JE ME PROPOSE DE DÉCHIRER LE VOILE DU TEMPS ET DE PÉNÉTRER L'OMBRE DU FUTUR.

QU'ENTRE MA COLOMBE, L'ENFANT PUR QUI SERA MES AILES POUR VOLER PAR-DELÀ NOS LENDEMAINS.

37

PRENDS CETTE CARAFE D'EAU CLAIRE, MA PETITE COLOMBE. REGARDE À L'INTÉRIEUR ET DIS-NOUS CE QUE TU Y VOIS. N'AIE CRAINTE... JE GUIDE TON VOL...

MAÎTRE, JE VOIS... JE VOIS UNE FOULE GRONDANTE DE COLÈRE QUITTANT UNE GRANDE CITÉ ET EMPRUNTANT UNE ROUTE MENANT À UNE VILLE OÙ S'ÉLÈVE UN SUPERBE CHÂTEAU... DES DORURES... DES LAMBRIS... UN LUXE DÉMESURÉ... HOMMES ET FEMMES HURLENT DE RAGE : "À MORT LE ROI !"

PEUX-TU NOUS RÉVÉLER LE NOM DU PAYS OÙ SE SITUENT CES TROUBLES ?

J'ENTENDS LES HOMMES ET LES FEMMES LANCER : "À VERSAILLES ! À VERSAILLES ! »

OUI, JE LE CONFIRME... CELA SE PASSERA AINSI. LE ROI DE FRANCE SERA RENVERSÉ PAR LE PEUPLE ET IL EN PERDRA LA VIE... CE QUE JE VOIS S'APPELLE LA LIBERTÉ !

LA LIBERTÉ EST EN MARCHE... ELLE AVANCE ET RUGIT, PAREILLE À UNE TEMPÊTE IMPÉRIEUSE... ET CHASSERA L'AUTOCRATIE ROYALE QU'ELLE DÉMEMBRERA DANS LE SANG !

MON DIEU, QUELLE EFFROYABLE VISION AU SUJET DE MON PAYS !

CE N'EST PAS UNE VISION ! C'EST L'IMAGE DE LA FIDÈLE RÉALITÉ DES TEMPS À VENIR !

MAIS NE PEUT-ON Y REMÉDIER ?

JE SUIS DÉSOLÉ, ÉMINENCE... L'AVENIR EST ÉCRIT, ET NUL NE SAURAIT EN CHANGER LE COURS. TOUT CE QUI TISSE LE TEMPS, LA MOINDRE DE SES MANIFESTATIONS, EST GRAVÉ DANS LE DESTIN ! DIEU – SI C'EST DE DIEU DONT IL S'AGIT – A TRESSÉ L'INFINITÉ DE FILS DE L'ÉCHEVEAU DE LA VIE... ET L'HOMME, DANS SA CONDITION MISÉRABLE, N'EST QUE LE JEU DE SES INTENTIONS.

NOUS VERRONS BIEN, MESSIRE... NOUS VERRONS ! IL ME FAUT PLUS D'UNE HYPOTHÉTIQUE VISION POUR ME CONVAINCRE DE VOS TALENTS.

38

SOIT, JE PUIS VOUS INVITER À PARTAGER UNE SINGULIÈRE EUCHARISTIE QUI VOUS PERSUADERA CERTAINEMENT QUE MA SCIENCE N'A POINT DE LIMITES.

JE SUIS CURIEUX D'AVANCE.

REDONNE-MOI CETTE CARAFE, MA BELLE COLOMBE.

TEL QUE LE FIT JÉSUS QU'INITIÈRENT LES MAÎTRES DE DEIR EL-MÉDINEH DONT JE TIRE AUSSI MON ENSEIGNEMENT, J'AGIS SUR LA MATIÈRE... EN SON CŒUR MÊME... DANS LA PLUS INFIME DE SES PARTICULES !

VOICI DU VIN, ÉMINENCE... S'IL VOUS PLAÎT DE LE GOÛTER, ME DIRIEZ-VOUS S'IL CONVIENT À VOTRE PALAIS ?

JE N'AI JAMAIS VU PLUS GRAND PRODIGE ! PAR MA FOI, MONSIEUR DE CAGLIOSTRO, J'ADMETS QUE VOUS DÉTENEZ UN BIEN GRAND SAVOIR. MAIS DE LÀ À VOUS COMPARER À NOTRE SEIGNEUR JÉSUS-CHRIST ! TOUT DE MÊME...

COMME LUI, JE SERAI PERSÉCUTÉ. COMME LUI, JE DEVRAI ABANDONNER MON ENVELOPPE CHARNELLE AFIN DE GAGNER LES HAUTES SPHÈRES DE L'IMMORTELLE FÉLICITÉ OÙ JE PARTAGERAI AVEC MES FRÈRES LES GRANDS INITIÉS L'ÉTERNELLE CLARTÉ DIVINE !

LA CHAÎNE DE LA TRADITION EST SANS FIN ET NOTRE SEIGNEUR JÉSUS-CHRIST N'EN ÉTAIT QU'UN MAILLON...

DOIT-ON LOUER UN HOMME DE SCIENCE OU UN MAGICIEN ?

MAÎTRE, ACCEPTEZ-MOI AU SEIN DE VOTRE CÉNACLE ! JE VEUX DEVENIR MAÇON ÉGYPTIEN ET PARTAGER VOTRE SCIENCE.

MOI AUSSI ! PAR LA GRÂCE DE DIEU, J'AI VU CE SOIR PLUS QU'IL NE M'EN FALLAIT POUR DEVENIR VOTRE ADEPTE !

ET VOICI COMMENT L'ON FABRIQUE DES FRÈRES AVEC QUELQUES TOURS DE MAGIE ! D'HABILES TROMPERIES QUI AVEUGLENT LES CANDIDES ET LES NAÏFS ! JE NE VOIS LÀ QU'UN BONIMENTEUR !

VOUS ÊTES BIEN SÉVÈRE, L'ABBÉ. TROP AVEC UN HOMME QUI CHANGE DE L'EAU EN VIN ! JE TROUVE LE PROCÉDÉ ÉCONOMIQUE ET J'AIMERAIS EN FAIRE USAGE DANS LE QUOTIDIEN.

VOUS AVEZ UNE PIÈTRE FIGURE, MON PÈRE... LE SOUPER QUI NOUS A ÉTÉ SERVI APRÈS LES EXPÉRIENCES DE NOTRE HÔTE NE SERAIT PAS NORMALEMENT PASSÉ ET VOUS AURIEZ L'ESTOMAC ENCOMBRÉ ?

NE ME RAILLEZ PAS, MARQUISE ! VOUS SAVEZ BIEN QUE MA FOI ET MA RIGUEUR M'INTERDISENT DE CAUTIONNER DE TELLES SOTIES ! CE CAGLIOSTRO, DEUX SIÈCLES PLUS TÔT, AURAIT ACHEVÉ SA MISÉRABLE CARRIÈRE SUR LE BÛCHER !

39

TU SEMBLES ÉPUISÉ...

JE LE SUIS EN EFFET. J'AI DÛ FAIRE DE GROS EFFORTS POUR DÉCRYPTER L'AVENIR ET CHANGER L'EAU EN VIN. SON ÉMINENCE BERNIS N'EST PAS HOMME À GOBER DE MÉDIOCRES PETITS TOURS DE PASSE-PASSE.

MAIS C'EST UNE VISION PARTICULIÈRE QUI M'A TROUBLÉ, SERAPHINA. JE CRAINS QUE NOUS SOYONS SÉPARÉS BIENTÔT ET QUE JAMAIS PLUS NOUS NE PUISSIONS NOUS REVOIR.

NOUS ALLONS ÊTRE ENCORE INQUIÉTÉS ? FAUDRA-T-IL QUE NOUS FUYIONS DE NOUVEAU ?

JE SUIS LASSE DE TRAVERSER L'EUROPE. COMBIEN DE VILLES AVONS-NOUS CONNUES SANS JAMAIS VRAIMENT NOUS Y ARRÊTER ? BARCELONE, MADRID, PARIS, LONDRES...

JE REDOUTE QUE CE SOIT BIEN PIRE CETTE FOIS, ET QUE L'ON NE NOUS DONNE PAS LE CHOIX DE PARTIR.

NOTRE ESPRIT EST BIEN TROP LIBRE POUR CONVENIR AUX PUISSANTS DE CETTE ÉPOQUE. NOUS AURIONS DÛ NAÎTRE PLUS TARD, DANS UN MONDE MOINS OBSCUR. PRÉPARONS-NOUS À SUBIR DE DOULOUREUSES ÉPREUVES, MA CHÉRIE.

TU ME FAIS PEUR... TU PARLES COMME UN CONDAMNÉ QUI SAIT PROCHE SA DERNIÈRE HEURE!

NOUS VOUS AVONS ENTENDU, BENEDETTI, ET VOUS REMERCIONS POUR LA PRÉCISION ET L'INTÉGRITÉ DE VOTRE RAPPORT. IL N'Y A PLUS DE DOUTE, JE CROIS... CAGLIOSTRO FEINT DE PRODUIRE DES MIRACLES EN SE COMPARANT À NOTRE SEIGNEUR JÉSUS-CHRIST !

ET, SOUS LE COUVERT DE PRÉDIRE L'AVENIR, IL SÈME LES GERMES DE LA SÉDITION. NE PRÉVOIT-IL PAS UNE INSURRECTION EN FRANCE ? QUE DIRA-T-IL BIENTÔT DE NOTRE PAYS ?

VOUS AVEZ RAISON, MONSEIGNEUR VICARIO, NOUS NE DEVONS LAISSER CE SORCIER S'ATTAQUER NI À NOTRE NATION NI À L'ÉGLISE ! IL DEVRA COMPARAÎTRE DEVANT LE TRIBUNAL DE LA SAINTE INQUISITION...

... OÙ IL RÉPONDRA DE SES AGISSEMENTS, DE SON APPARTENANCE À UN ORDRE MAÇONNIQUE, DE SES SOI-DISANT MIRACLES ET DU COMMERCE QU'IL ENTRETIENT AVEC LE DÉMON.

NE TE L'AVAIS-JE POINT PRÉDIT, SERAPHINA ? DISONS-NOUS ADIEU, CAR NOUS NE NOUS RETROUVERONS QUE DANS L'AUTRE MONDE.

J'AI TOUJOURS CRU À TON IMMORTALITÉ ET TU ÉVOQUES TA MORT !

LE 29 DÉCEMBRE, LE GOUVERNEUR DE ROME, MONSEIGNEUR RINUCCINI, CONDUISIT EN PERSONNE L'ARRESTATION DES ÉPOUX CAGLIOSTRO.

JE N'AI PAS EU LE TEMPS D'ACHEVER MES TRAVAUX. BIEN QUE J'AIE EXPÉRIMENTÉ SUR MOI QUELQUE FORMULE ÉGYPTIENNE, JE NE PARVIENDRAI PAS À REPOUSSER MA FIN SANS LES ÉLIXIRS DONT ON VA NATURELLEMENT ME PRIVER EN CAPTIVITÉ.

BALIVERNES D'ESCOBAR ET DE REBOUTEUX !

SERAPHINA FUT CONDUITE AU MONASTÈRE DE SAINTE-PÉLAGIE OÙ ELLE DEMEURA RECLUSE JUSQU'À SA MORT.

QUANT À CAGLIOSTRO, IL TINT TÊTE À SES JUGES DURANT PRÈS DE QUATORZE MOIS.

JE NE SUIS D'AUCUNE ÉPOQUE NI D'AUCUN LIEU... EN DEHORS DU TEMPS ET DE L'ESPACE, MON ÊTRE SPIRITUEL VIT SON ÉTERNELLE EXISTENCE ET, SI JE PLONGE DANS MA PENSÉE EN REMONTANT LE COURS DES ÂGES, SI J'ÉTENDS MON ESPRIT VERS UN MODE D'EXISTENCE ÉLOIGNÉ DE CELUI QUE VOUS PERCEVEZ, JE DEVIENS CELUI QUE JE DÉSIRE. PARTICIPANT CONSCIEMMENT À L'ÊTRE ABSOLU, JE RÈGLE MON ACTION SELON LE MILIEU QUI M'ENTOURE.

MON NOM EST CELUI DE MA FONCTION ET JE LE CHOISIS, AINSI QUE MA FONCTION, PARCE QUE JE SUIS LIBRE... MON PAYS EST CELUI OÙ JE FIXE MOMENTANÉMENT MES PAS. DATEZ-VOUS D'HIER, SI VOUS LE VOULEZ, EN VOUS REHAUSSANT D'ANNÉES VÉCUES PAR DES ANCÊTRES QUI VOUS FURENT ÉTRANGERS... OU DE DEMAIN, PAR L'ORGUEIL ILLUSOIRE D'UNE GRANDEUR QUI NE SERA PEUT-ÊTRE JAMAIS LA VÔTRE... MOI, JE SUIS CELUI QUI EST.

POUR AVOIR VIOLÉ LES LOIS APOSTOLIQUES DE CLÉMENT XII ET DE BENOÎT XIV, POUR AVOIR APPARTENU À UN ORDRE MAÇONNIQUE, POUR AVOIR PROCLAMÉ ÊTRE CAPABLE DE RÉALISER DES MIRACLES, VOUS ÊTES RECONNU COUPABLE SANS APPEL. MAIS PAR MANSUÉTUDE, NOUS, TRIBUNAL DE LA SAINTE INQUISITION, NE VOUS REMETTRONS POINT AU BRAS SÉCULIER...

VOUS SEREZ ENFERMÉ À PERPÉTUITÉ EN LA FORTERESSE DE SAN-LEO OÙ VOUS FEREZ PÉNITENCE ET PRIEREZ NOTRE SEIGNEUR JÉSUS-CHRIST QUI INTERCÉDERA AUPRÈS DE DIEU POUR OBTENIR LA RÉMISSION DE VOS PÉCHÉS. VOTRE MANUSCRIT "MAÇONNERIE ÉGYPTIENNE" SERA BRÛLÉ EN PUBLIC POUR AVOIR PROPOSÉ UN DOGME HÉRÉTIQUE.

41

À SAN-LEO, CAGLIOSTRO PARVINT À NOUER D'AMICALES RELATIONS AVEC SON GOUVERNEUR, SEMPRONIUO SEMPRONI ET LES CONDITIONS DE SA CAPTIVITÉ S'EN TROUVÈRENT PLUS CONFORTABLES.

JE VOUS ASSURE, CAVALIÈRE, C'EST LORS DE MES VOYAGES EN ÉGYPTE QUE J'AI ÉTÉ INSTRUIT DES PRODIGES DE L'ANTIQUE CONFRÉRIE DE DEIR EL-MÉDINEH PAR "LES SERVITEURS DE LA PLACE D'HARMONIE".

ALLONS, MESSIRE CAGLIOSTRO, COMMENT VOULEZ-VOUS QUE JE VOUS CROIE ? CETTE COMMUNAUTÉ S'EST ÉTEINTE AVEC LES DERNIERS PHARAONS.

C'EST CE QUE LA PLUPART DES GENS VULGAIRES PENSENT ! IL EN EST AUTREMENT... CET ORDRE N'A JAMAIS CESSÉ D'EXISTER, PRÉSERVANT BIEN VIVANT UN SAVOIR ANCESTRAL QUI DÉPASSE NOS ACTUELLES CONNAISSANCES SCIENTIFIQUES ET MÉTAPHYSIQUES !

ET VOUS PERSISTEZ DANS L'IDÉE QUE JÉSUS-CHRIST AURAIT ÉTÉ INITIÉ DANS CETTE CONFRÉRIE ?

JE L'AFFIRME ! TOUT COMME LUI, J'AI EU ACCÈS AUX ARCANES LES PLUS HERMÉTIQUES ET J'AI PRIS CONNAISSANCE DES SECRETS DE L'ÉLIXIR DE LONGUE VIE !

OUI, OUI... VOUS ME L'AVEZ DÉJÀ DIT. ET, TEL QUE JÉSUS, VOUS AVEZ REÇU UN ENSEIGNEMENT ALCHIMIQUE QUI VOUS A PERMIS DE TRANSMUTER LES VILS MÉTAUX EN OR !

JE NE VOUS FORCE PAS À ME CROIRE. MAIS VOUS VERREZ PROCHAINEMENT QUE "LES SERVITEURS DE LA PLACE D'HARMONIE" M'ONT INCULQUÉ L'ART DE LA DIVINATION... CETTE FORTERESSE SERA BIENTÔT RASÉE PAR UNE FORCE MILITAIRE QUI ENVAHIRA L'ITALIE.

VOUS PENSEZ AUX FRANÇAIS ? VOUS RÊVEZ, MON AMI !

AH, VOUS VOUS ÊTES REMIS À L'ÉCRITURE DE VOTRE OUVRAGE... JE NE ME SOUVIENS PLUS DU TITRE.

LA TRÈS SAINTE "TRINOSOPHIE" !

JE COMPRENDS POURQUOI JE NE M'EN SOUVIENS JAMAIS !

JE VOUS LE FERAI LIRE.

QUEL ÉTRANGE PERSONNAGE ! QUEL ESPRIT ! AUSSI DÉRANGÉ QU'IL EST ALERTE.

AOÛT N'EST GUÈRE CLÉMENT CETTE ANNÉE. J'AI TROUVÉ QU'IL FAISAIT BIEN FRAIS DANS SA CELLULE... PENSEZ À APPORTER UNE ÉPAISSE COUVERTURE À NOTRE HÔTE.

CE SERA FAIT, MONSIEUR LE GOUVERNEUR.

42

CETTE DOULEUR... ENCORE PLUS AIGUË QUE CE MATIN... LE SANG FRAPPE SI FORT DANS MES TEMPES !

LA MORT, DÉJÀ ? MAIS QUELLE MORT ? CELLE DE MON CORPS OU CELLE DE MON ÂME ? SI J'AVAIS MON ÉLIXIR SOUS LA MAIN, JE POURRAIS ENCORE LUTTER, REPOUSSER LE TRÉPAS...

IL FUT DIT QUE CAGLIOSTRO MOURUT LE 28 AOÛT 1795 À 23 HEURES. C'EST LE GARDE VENU LUI APPORTER UNE COUVERTURE QUI LE DÉCOUVRIT. ON PRONOSTIQUA HÂTIVEMENT UNE CONGESTION CÉRÉBRALE.

AU MATIN, QUATRE HOMMES PLACÈRENT SON CADAVRE SUR UNE PORTE DE BOIS ET LE TRANSPORTÈRENT SUR UNE ESPLANADE, EN CONTREBAS DE LA FORTERESSE, OÙ SA TOMBE FUT VIVEMENT CREUSÉE.

QUEL GENRE D'ÉPITAPHE PEUT-ON ÉCRIRE POUR UN IMMORTEL QUI A RENDU L'ÂME ?

CI-GÎT UN HOMME ÉTERNEL QUI EUT UNE VIE DE COURTE DURÉE !

ET QUE LE MONDE OUBLIA PAR LA SUITE !

43

LA DERNIÈRE PROPHÉTIE DE CAGLIOSTRO SE RÉALISA. EN AVRIL 1796, NAPOLÉON BONAPARTE ET LES TROUPES DU DIRECTOIRE ENVAHISSAIENT L'ITALIE.

LE 19 FÉVRIER, LE GÉNÉRAL DOMBROWSKY, À LA TÊTE D'UN DÉTACHEMENT DE POLONAÏS SERVANT SOUS LES COULEURS FRANÇAISES, ASSIÉGEAIT LA FORTERESSE DE SAN-LEO.

QU'ON RÉDUISE EN MIETTES CETTE PRISON PAPALE ET QU'ON EN LIBÈRE LES DERNIERS PRISONNIERS !

NOUS ARRIVONS UN AN TROP TARD, GÉNÉRAL. NOTRE MAÎTRE LE GRAND COPHTE N'EST PLUS QUE POUSSIÈRE.

NOUS ALLONS CEPENDANT LUI RENDRE UN DERNIER HOMMAGE, BYCIO. DÈS QUE LA PLACE SERA TOMBÉE, VOUS RÉUNIREZ TOUS NOS FRÈRES ÉGYPTIENS POUR UNE CÉRÉMONIE EN PRÉSENCE DE NOTRE MAÎTRE.

MAIS... CAGLIOSTRO REPOSE DANS SA TOMBE ET...!

BOOOOM

JE SAIS. VOUS FEREZ CEPENDANT CE QUE JE VOUS DEMANDE. NOS CANONS VIENDRONT BIENTÔT À BOUT DE CES MURS.

ET, CE JOUR MÊME, JOUR OÙ LE PAPE PIE VI ET LE DIRECTOIRE SIGNÈRENT LA PAIX DE TALENTINO, LA FORTERESSE DE SAN-LEO TOMBA, PRESQUE TOTALEMENT RASÉE.

LES QUELQUES PRISONNIERS DU PAPE FURENT LIBÉRÉS.

NE SENTEZ-VOUS PAS CE BON PARFUM DE LIBERTÉ, COMPAGNONS ?

MA FOI, JE SENS L'ODEUR DU CANON ET DU SANG !

C'EST BIEN CE QUE JE DISAIS !

J'AI RÉUNI TOUS NOS FRÈRES, GÉNÉRAL. ILS VOUS ATTENDENT DEVANT LA TOMBE DE CAGLIOSTRO QUE LE LIEUTENANT MOLSKI VIENT DE DÉCOUVRIR.

PARFAIT ! FAITES EN SORTE QUE NOUS NE SOYONS PAS DÉRANGÉS PAR NOS SOLDATS... PUISQU'IL EST L'HEURE ET QUE NOUS AVONS L'ÂGE, NOUS ALLONS OUVRIR NOS TRAVAUX. ET SURTOUT, N'OUBLIEZ PAS, APPORTEZ DU VIN !

44

HÂTEZ-VOUS DE DONNER UN PEU D'AIR À NOTRE MAÎTRE ! QUELLE MISÈRE QUE DE L'AVOIR JETÉ LÀ COMME UN MALHEUREUX CHIEN !

POSEZ SON CRÂNE SUR CETTE PIERRE ET FORMONS LA CHAÎNE D'UNION, MES FRÈRES.

COMME LE SOLEIL SE LÈVE À L'EST ET SE COUCHE À L'OUEST, QU'UN CYCLE IRRÉVERSIBLE RATTACHE LA VIE À LA MORT, QUE LE MAÇON CHERCHE À SE PARFAIRE ET NON À S'AVILIR, COMMUNIONS EN FRATERNITÉ AVEC CELUI QUI MARCHA DANS LES PAS DU CHRIST...

QUE CE VIN DEVIENNE LE SANG DES RARES INITIÉS DE DEIR EL-MEDINEH, QU'IL NOUS ABREUVE DE LA SCIENCE UNIVERSELLE QUE RÉGISSENT LES LOIS DE L'AMOUR.

BUVONS, FRÈRES. À LA MÉMOIRE ÉTERNELLE DU GRAND COPHTE !

LA CÉRÉMONIE ACHEVÉE, LE GÉNÉRAL DOMBROWSKY PLAÇA LE CRÂNE DANS UNE MUSETTE ET L'EMPORTA AVEC LUI.

L'HISTOIRE AVAIT ÉCRIT LÀ UNE BELLE ÉPITAPHE ET CÉLÉBRÉ UNE MESSE BIEN SINGULIÈRE.

CAGLIOSTRO AVAIT-IL RÉELLEMENT EXPÉRIMENTÉ SUR LUI LES PRINCIPES MAGIQUES DE LA SCIENCE HERMÉTIQUE ? L'ÉLIXIR DE LONGUE VIE ?

45

AVAIT-IL, SURTOUT, TRANSFORMÉ SON CODE GÉNÉTIQUE PAR L'INTROMISSION DE QUELQUE SUBSTANCE ALCHIMIQUE DANS SON SANG? LA STRUCTURE DE SON ADN EN CONSERVAIT-ELLE UNE TRACE COMME LE PENSAIT LE CARDINAL MOTTELI ?

LE CARDINAL MOTTELI SAVAIT QUE L'EXAMEN GÉNÉTIQUE DU CRÂNE AIDERAIT LA CHAMBRE DES MIRACLES DANS LES DERNIERS TRAVAUX DEVANT LA CONDUIRE À L'EXPÉRIMENTATION HUMAINE. LUI, OSWALD, CLARK ET VENFÖRT, SE REFUSAIENT, COMME CERTAINS AUTRES AVANT EUX, À ENTREPRENDRE CETTE DERNIÈRE PHASE.

ET C'EST POURQUOI ILS SONT TUÉS LES UNS APRÈS LES AUTRES !

MONSEIGNEUR MOTTELI AVAIT APPRIS QUE LA HAUTE LOGGIA NOUS AVAIT CONDAMNÉS. EN CE QUI ME CONCERNE, J'IGNORE COMMENT ELLE A DÉCOUVERT QUE J'ÉTAIS UN AGENT INFILTRÉ... ET VENFÖRT VIENT DE RÉAPPARAÎTRE ! IL ME DONNE RENDEZ-VOUS DEMAIN À LA GARE DU NORD.

SI TU ES ASSEZ FOU POUR Y ALLER, JE T'ACCOMPAGNE !

ON DIRAIT QUE TU TE DÉCIDES À ME CROIRE, HÉLÈNE.

TON HISTOIRE EST TROP DINGUE POUR AVOIR ÉTÉ INVENTÉE... À MOINS QUE TU NE SOIS LE PLUS GRAND DES MANIPULATEURS, ET QUE TU AIES RÉELLEMENT ASSASSINÉ MOTTELI !

LE LENDEMAIN, 9 HEURES 54...

C'EST LUI ! TU VOIS, LE GRAND TYPE EN IMPERMÉABLE NOIR... MONSEIGNEUR VENFÖRT !

48

NOUS AVONS IDENTIFIÉ LA CIBLE, ELLE SE DIRIGE VERS LA CONSIGNE... ON N'INTERVIENT PAS POUR L'INSTANT. ON ATTEND QUE NOMANE APPARAISSE.

JE VIENS DE LA PART DE JEAN, MONSEIGNEUR... SORTEZ RUE DE DUNKERQUE... UNE VOLKSWAGEN BLANCHE VOUS ATTEND. MONTEZ DEDANS... LE CHAUFFEUR S'APPELLE LOÏC.

LA FILLE... ELLE LUI A PARLÉ ! JE PARIE QUE C'EST HÉLÈNE FAREL

IL S'ÉLOIGNE...

UN BON POINT POUR MOI... J'AI JOUÉ LA PRUDENCE ! MAIS COMMENT ONT-ILS SU ?

JE SUIS LOÏC, MONSEIGNEUR. GRIMPEZ !

MERDE, IL NOUS ÉCHAPPE ! NOMANE S'EST MÉFIÉ ET NOUS A ROULÉS ENCORE UNE FOIS !

TOI QUI LE PRENAIS AU DÉBUT POUR UN DE CES SCIENTIFIQUES EMPOTÉS !

JE VOUS CONDUIS DANS UN ENDROIT TRANQUILLE OÙ JEAN NOUS REJOINDRA. NOUS AVONS MONTÉ CETTE PETITE MISE EN SCÈNE AU CAS OÙ VOUS AURIEZ ÉTÉ SUIVI.

JE VOUS REMERCIE, LOÏC.

J'AI LOCALISÉ NOMANE. IL SORT DE LA GARE. UNE FILLE LE REJOINT... JE LES FILE.

DIS-NOUS OÙ TE RETROUVER, ROBERTO. NE LES PERDS SURTOUT PAS DE VUE... JE N'AIMERAIS PAS PRÉSENTER UNE COLLECTION D'ÉCHECS À MONSIGNORE.

NOUS SOMMES ARRIVÉS, MONSEIGNEUR. DÉSOLÉ POUR CE DÉCOR SINISTRE.

10 HEURES 32...

MONSEIGNEUR ! QUEL SOULAGEMENT DE VOUS REVOIR... J'AI ÉTÉ TRÈS INQUIET LORSQUE J'AI EU VOTRE SECRÉTAIRE EN LIGNE.

ON VOUS ACCUSE D'AVOIR TUÉ MON AMI STEPHANO MOTTELI... JE N'Y AI PAS CRU UNE SECONDE, CEPENDANT J'AIMERAIS CONNAÎTRE VOTRE VERSION DES FAITS.

LE PROFESSEUR OSWALD MORT... STEPHANO AVAIT RAISON... LES GARDIENS DU SANG NE RECULERONT DEVANT AUCUN CRIME POUR MENER À SON TERME LE PROJET GÉNOME-1.

LE CARDINAL M'AVAIT DIT QU'IL COMPTAIT PARLER AU PAPE... VOUS AVAIT-IL INFORMÉ DE CETTE INTENTION ?

EN EFFET. JE L'AVAIS DISSUADÉ DE LE FAIRE AVANT DE NOUS ASSURER QUE LE SAINT-PÈRE ÉTAIT RÉELLEMENT ÉTRANGER À CETTE AFFAIRE. N'OUBLIONS PAS QU'IL ENTRETIENT DES RAPPORTS PRIVILÉGIÉS AVEC LA FACTION ŒCUMÉNIQUE DES GARDIENS DU SANG.

OUI, JE COMPRENDS. IL EST PEUT-ÊTRE IMPLIQUÉ SANS POUR AUTANT CONNAÎTRE PRÉCISÉMENT LES AGISSEMENTS CRIMINELS DE LA HAUTE LOGGIA.

C'EST À CRAINDRE ! EN CE CAS, IL NE NOUS SERAIT D'AUCUN SECOURS.

CEPENDANT, PEUT-IL COUVRIR DES ASSASSINS ?

JE ME SUIS POSÉ LA QUESTION, AUSSI AI-JE DÉCIDÉ DE SOLLICITER UNE AUDIENCE. MAIS JE VOULAIS VOUS RENCONTRER AVANT POUR QUE VOUS M'INSTRUISIEZ PLUS EN DÉTAIL DES DERNIERS PROGRÈS ACCOMPLIS DANS LA CHAMBRE DES MIRACLES. VOUS Y VIVEZ DEPUIS TROIS ANS... PEU D'ÉVÉNEMENTS S'Y RATTACHANT DOIVENT VOUS ÊTRE ÉTRANGERS.

HMM... L'ORGANISATION DE LA CHAMBRE EST TRÈS HIÉRARCHISÉE. JE SUIS AU BAS DE LA PYRAMIDE !

J'AI NÉANMOINS APPRIS RÉCEMMENT QU'UN LABORATOIRE AMÉRICAIN AFFINAIT TOUTES NOS ÉTUDES. JE N'AI MALHEUREUSEMENT PU DÉCOUVRIR NI SON NOM NI OÙ IL SE SITUAIT.

JE CONNAIS AUSSI L'EXISTENCE DE CE LABORATOIRE SECRET ET JE M'APPRÊTAIS À VOUS EN PARLER. JE SUIS PARVENU À GLANER DES INFORMATIONS À SON SUJET... LE DOSSIER EST EXPLOSIF, JEAN !

49

51

LES GARDIENS DU SANG ONT GANGRENÉ DE NOMBREUSES SOCIÉTÉS INTERNATIONALES ET POSSÈDENT DES APPUIS EXTRÊMEMENT PUISSANTS. VOUS PENSEZ, IL EST QUESTION DU PLUS GRAND RÊVE DE L'HUMANITÉ : L'IMMORTALITÉ !

JE N'OSE PAS IMAGINER UN MONDE OÙ L'ON MONNAYERAIT CE POUVOIR...

JE TIENS LA CIBLE V...

PAW !

NON ! MONSEIGNEUR !

MON DIEU, LOÏC... ON LEUR TIRE DESSUS !

MONTE DANS MA VOITURE, VITE !

JE TIENS LA CIBLE N...

PAW !
PAW !

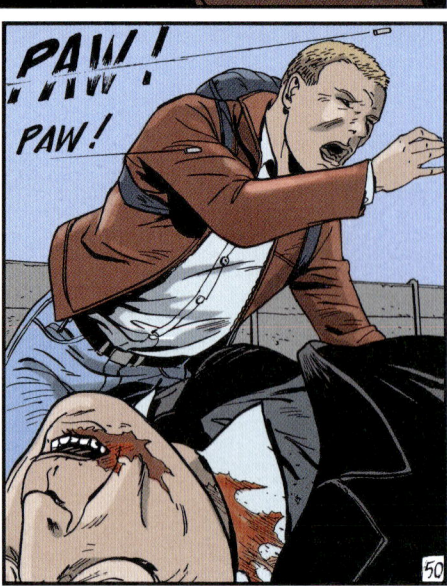

FAI... FAITES-VOUS UN REMPART DE MON CORPS... PREN... NEZ CETTE CLEF... VOUS ÊTES LE... DERNIER ESPOIR... NE LES LAISSEZ PAS FAIRE...

CETTE CLEF, MONSEIGNEUR... DITES-MOI CE QU'ELLE OUVRE !

QU'ATTENDEZ-VOUS, JEAN ?! MONTEZ, QU'ON S'ARRACHE DE CE CHAMP DE TIR ! JE N'AI PAS UNE VOITURE BLINDÉE, BON DIEU !

JE NE PEUX PAS LAISSER VENFÖRT...

MAIS IL EST MORT ! REGARDE, ILS LUI ONT FAIT EXPLOSER LA TÊTE !

PAW! PAW!

PAW!

ILS NE NOUS SUIVENT PAS.

NON, ILS DOIVENT FAIRE DISPARAÎTRE LE CORPS DE VENFÖRT. ILS NE LAISSENT JAMAIS DE CADAVRES DERRIÈRE EUX.

VOUS NE TROUVEZ PAS QU'IL EST TEMPS DE SE RENDRE À LA POLICE ET DE TOUT DÉBALLER...

DÉBALLER QUOI ? QUE JE NE SUIS PAS L'ASSASSIN DE MOTTELI MALGRÉ LES CAMÉRAS DE SURVEILLANCE DU SÉMINAIRE QUI M'ONT ENREGISTRÉ ET LE PAQUET D'EMPREINTES DIGITALES QUE J'AI LAISSÉES PARTOUT ?

QUE DES MEMBRES INFLUENTS DU VATICAN TRAFIQUENT LE CODE GÉNÉTIQUE DE L'ESPÈCE HUMAINE ? QUE NOUS NE SOMMES PAS CERTAINS DE LA POSITION DU PAPE DANS CE MERDIER ?

IL EST SÛR QUE VU SOUS CET ANGLE NOUS N'AVONS GUÈRE DE CHANCES DE NOUS FAIRE ENTENDRE !

ET QUE LE CARDINAL SUÉDOIS VENFÖRT A ÉTÉ TUÉ SOUS NOS YEUX ALORS QUE NUL NE RETROUVERA JAMAIS SON CADAVRE ?

ÇA VA ! J'AI COMPRIS LA LEÇON... J'AI PIGÉ QUE NOUS NE SOMMES QU'UNE POIGNÉE DE SUPER-HÉROS FACE AUX FORCES DU MAL ET QUE NOUS SOMMES OBLIGÉS DE CROIRE TOUT CE QUE VOUS DITES SUR PAROLE.

LA CIBLE V EST EFFACÉE, MONSIGNORE... OUI, OUI, LA CIBLE N... NOUS SAVONS OÙ LA TROUVER. IL NE LUI RESTE QUE PEU D'ÉCHAPPATOIRES.

ALORS, QUEL TON AVAIT-IL ?

LE PLUS AIMABLE POSSIBLE... CELUI D'UN LOUP.

52

11 HEURES 44...

JE T'OFFRE TA JOURNÉE, HÉLÈNE... TU L'AS BIEN MÉRITÉE. ET JE VOUS LAISSE L'APPARTEMENT. J'ESPÈRE SEULEMENT QU'UNE BOMBE NE ME LE RÉDUIRA PAS EN POUSSIÈRE AVANT MON RETOUR. VOUS POURREZ M'EMPRUNTER QUELQUES VÊTEMENTS SI VOUS LE SOUHAITEZ, JEAN.

MILLE MERCIS, LOÏC. VOUS ÊTES UN RÉEL CHIC TYPE.

VOUS AVEZ LA CHANCE D'ÊTRE L'AMI D'HÉLÈNE, JEAN. J'AIME BEAUCOUP HÉLÈNE... COMME MA PETITE SŒUR. SI JAMAIS IL LUI ARRIVAIT MALHEUR À CAUSE DE VOUS, VOUS RÉALISERIEZ ALORS QUE JE PEUX ÊTRE AUTRE CHOSE QU'UN CHIC TYPE !

NE JOUE PAS LES MÉCHANTS, CHÉRI... ÇA SONNE FAUX.

TROIS ANS... TROIS ANS À ME DEMANDER SI TU N'ÉTAIS PAS MORT.

RASSURE-MOI... APPRENDS-MOI QUE TU AS UN PROGRAMME... QUE TU DISPOSES D'UN PLAN DE SECOURS.

J'AI UNE DERNIÈRE CARTE, EN EFFET.

MAIS C'EST HASARDEUX CAR IL RISQUE DE NE PAS ME CROIRE ET DE PENSER QUE J'AI ÉTÉ RETOURNÉ PAR LES GARDIENS DU SANG POUR METTRE LA PÉTAUDIÈRE DANS LA B.I.S.

DE QUI PARLES-TU ?

MONSIEUR GRÉGOIRE...

53

STOCKHOLM.

DE QUI PARLES-TU ?

MONSIEUR GRÉGOIRE...

EN PRINCIPE, IL A TOUJOURS ÉTÉ CONVENU QUE JE NE LE JOIGNE QU'EN CAS D'EXTRÊME URGENCE. JE CROIS QUE LA SITUATION EST SUFFISAMMENT GRAVE POUR QUE JE TRANSGRESSE LE CODE DE SÉCURITÉ !

IL ME LE SEMBLE EN EFFET. C'EST TA PEAU QUI EST EN JEU... ET PEUT-ÊTRE BIEN CELLE DE LOÏC ET LA MIENNE !

J'ESPÉRAIS QUE LES GARDIENS DU SANG NE PRENDRAIENT PAS LE RISQUE DE S'ATTAQUER À VOUS DEUX... MAIS JE CRAINS MAINTENANT QUE CE SOIT MALHEUREUSEMENT UNE ÉVENTUALITÉ À ENVISAGER... C'EST POURQUOI JE DOIS VOUS METTRE SOUS LA PROTECTION DE MONSIEUR GRÉGOIRE.

CETTE CLEF... VENFÖRT N'A PAS EU LE TEMPS DE ME DIRE CE QU'ELLE DEVAIT OUVRIR. JE ME SOUVIENS QUE CLARK M'A PARLÉ D'UNE CLEF QUE LE CARDINAL SOUHAITAIT LUI REMETTRE. DOMMAGE QUE JE NE M'Y SOIS PAS ATTARDÉ POUR L'INTERROGER À CE PROPOS.

J'AI CRU COMPRENDRE QUE LE DOCTEUR CLARK CHERCHERAIT À ENTRER EN CONTACT AVEC TOI.

OUI, EN EFFET. DE TOUS LES SAVANTS QUE JE CONNAISSAIS DÉSIREUX DE SE RETIRER DU PROJET GÉNOME-1, IL EST LE SEUL SURVIVANT... ET IL POSSÈDE DES INFORMATIONS CAPITALES !

IL RESTE DEUX SURVIVANTS, JEAN ! TU NE T'ES PAS COMPTÉ... TU FAIS PARTIE DES CHERCHEURS.

JE ME CONSIDÈRE PLUTÔT COMME UN AGENT DE LA B.I.S.

AVEZ-VOUS EXACTEMENT LOCALISÉ NOMANE ?

AU NUMÉRO D'IMMEUBLE PRÈS, MONSIEUR.

CHAPITRE PROCHAIN : DEIR EL-MÉDINEH.